AF286312
AF286312

Jennifer M. Brunner

Die Magie des Erwachens

10 mysteriöse Geschichten

Die Originalausgabe erschien 2008
2. Auflage 2009
© 2009 Jennifer M. Brunner
Satz, Layout und Korrekturen: Jennifer M. Brunner
Herstellung und Verlag: Books on Demand, Norderstedt
ISBN-13: 9783837029703

Inhalt

Vorwort

Kennen Sie das Gefühl, traurig und hilflos zu sein? Vielleicht hegen Sie sogar den Wunsch, ihr Leben viel intensiver und sorgenfreier zu erleben? Wenn ja, dann sind Sie nicht allein! Es gibt immer mehr Menschen, die ihrer Trauer ein Ende setzen möchten und deshalb eifrig nach inneren Frieden streben.

Die nachfolgenden Geschichten sind zur Unterhaltung gedacht. Mit fantasiereichen Erzählungen wird der Weg zum inneren Frieden bildhaft dargestellt. Es soll der Eindruck vermittelt werden, wie magisch und befreit das Leben ohne Leid sein kann. Möglicherweise geben diese Geschichten dem einen oder anderen Menschen den Impuls, ein Buch zu kaufen, das einen inneren Wandel veranlasst und zum Erwachen führt.

Der Pfad zur Wahrheit

Ein dunkler, schmaler Korridor, der unendlich zu sein scheint, sieht in aller Hast und Verwirrung verzerrt und bedrohlich aus. Die Panik darüber, nie wieder hinauszufinden, ist überwältigend…

Der Wecker klingelt. Lara erwacht schweißgebadet in ihrem Bett. Der wirre Traum, den sie kurz zuvor träumte, ist ihr noch so deutlich in Erinnerung, als würde er jetzt wie ein Film vor ihren Augen ablaufen. Noch hat sie keine Ahnung welcher Tag heute ist, oder was gestern geschah. In ihrer Hilflosigkeit fragt sie sich, welchen Sinn das Leben nur haben mag. Allmählich hört ihr Herz auf zu hämmern, doch ihre Sinne sind noch immer vernebelt. Das Zimmer ist stockdunkel. Schließlich erinnert sie sich, dass sie früh morgens bei der Bank sein soll. Als Bankkauffrau findet sie immer weniger Gefallen an ihrer routinierten, ereignislosen Arbeit. Sie fühlt sich so leblos, als wäre sie tot. Nichts ergibt für sie einen Sinn. Jeden Tag steht sie auf und folgt wie eine Maschine dem alten Trott. Einem Roboter gleichend, erledigt sie ihre Arbeit. Ihr Einkommen richtet sich nach ihrer Leistung – über diese Tatsache kann sie nur spöttisch schmunzeln. Sie bekommt sogar eine Provision, wenn ein Kunde eine Versicherung abschließt. Oft kommt es ihr vor, als würde sie den Kunden regelrecht etwas aufschwatzen, das diese im Grunde gar nicht benötigen. Ihr Mann kann nicht verstehen, dass sie hin und wieder unter Gewissensbissen leidet, denn er kennt keine Skrupel. Solange er gutes Geld verdient, ist ihm alles recht.

Lara blickt zur Betthälfte ihres Mannes. Nur das Kopfkissen und eine unordentlich zurückgelassene Bettdecke findet sie vor. Vermutlich ist ihr Mann Paul schon sehr früh wach geworden und aufgestanden. Im benommenen Zustand steht Lara auf und geht zum Fenster. Als sie den Rollladen hochzieht, strahlt das graue Tageslicht in das düstere Zimmer. Der Himmel ist bedeckt und öde und der Nebel trübt die Sicht mit seinem weißen, halb-transparenten Schleier. Da, die Aussicht aus dem Fester ohnehin nicht berauschend ist, ist der getrübte Ausblick sogar eine Wohltat. Traurige, unsanierte und eng aneinander gereihte Häuser mit ihren abgenutzten Fenstern scheinen Lara entgegenzublicken, als würden sie um Hilfe bitten. Weiter unten stehen mehrere Autos verlassen am Straßenrand und betrauern ihre Einsamkeit in dieser trostlosen Gegend. Durch die neblige Verschleierung wirkt alles wie ein Traum, der nicht deutlich erscheinen möchte. Der Ausblick gleicht Laras Verfassung wie ein Spiegelbild. Was soll nur aus ihrem Leben werden? Es ist die reiste Qual. Sie sucht verzweifelt nach Erfüllung. Doch was ist es, das ihr fehlt? Ist das Leben nur ein Traum? Lara wirft einen Blick zur Wanduhr und bemerkt, dass sie sich allmählich beeilen sollte.

Mit den ungewöhnlichen Überlegungen ist Lara für wenige Minuten ihrer Gewohnheit entwichen. Doch danach folgt alles seinen üblichen Lauf. Wie immer versteckt sich ihr Mann beim Frühstück hinter einer großen Zeitung und liest. Obwohl sich Lara nach Konversation sehnt, isst sie schweigend ihr Müsli. Da beide bei derselben Bank arbeiten, fahren sie zusammen mit einem Auto zur Arbeit. Bevor die ersten Kunden eintreffen, erledigt Lara dringende Papierarbeiten. An dem Vormittag führt Lara ein Kundengespräch nach dem anderen. Während der Mittagspause isst sie (wie immer) mit anderen Kolleginnen in einem Imbiss. Wie gewöhnlich wird über Vorgesetzte und Kollegen hergezogen. Nachdem sie ihrem Frust losgeworden sind, sprechen sie über die Schuhe, die sie neulich gekauft haben. Doch heute kann Lara nicht mitreden. Ihr gehen

Gedanken durch den Kopf, die ihr gar nicht ähnlich sehen. Sie fragt sich, wie ihre Kolleginnen nur so oberflächlich sein können. Der Gesprächsstoff ist völlig inhaltslos. Warum hat sie dies nie zuvor bemerkt? Der Zweck unseres Daseins besteht sicherlich nicht darin, ewig zu lästern und einzukaufen.

Von unaufhörlichen Gedanken geplagt, ist Lara bei ihren folgenden Kundengesprächen äußerst unaufmerksam. Nachdem sie abends noch einige Zahlungsaufträge in das Computersystem der Bank eingegeben hat, möchte sie einfach nur noch nach Hause fahren und zur Ruhe kommen. Ihr Mann ist jedoch noch nicht bereit, seinen geliebten Arbeitsplatz zu verlassen, denn wie immer hat er noch viele Aufgaben zu erledigen. Also lässt Lara ihren Mann wissen, dass sie mit dem Bus nach Hause fahren werde. Zustimmend nickt er, während er völlig in seine Arbeit vertieft ist. Als Lara das dunkle, monströse Bankgebäude verlässt, wird sie zunächst von der Sonne geblendet. Am Himmel befindet sich keine einzige Wolke. Beeindruckt und überwältigt von dem schönen Wetter, beschießt Lara mit dem Bus zum Park zu fahren.

Mit dem Gefühl, dass sie sich genau in diesem Moment verändert, schlendert sie an den majestätischen Bäumen vorbei. Belebende Sonnenstrahlen gleiten zwischen Blätter und Äste hindurch und erhellen den Park. Gelassen setzt sich Lara auf eine weiße Parkbank. Die Farben der Blumen, die sie umgeben, leuchten in einer unbeschreiblichen Vielfalt. Der Duft von Magnolien hängt in der Luft. Für Lara, die die meiste Zeit im Büro verbringt, ist dies ein wahres Paradies. Gewöhnlicher Weise geht sie jeden Tag von der Arbeit direkt nach Hause. Sie fährt immer von einem Gebäude zum nächsten, ohne jemals einen Grashalm zu erblicken. Mehrere Minuten sitzt sie nun einfach nur auf der Bank und lässt die Natur auf ihr Gemüt wirken.

Von dieser natürlichen Umgebung inspiriert, fühlt sie eine starke Ruhe in ihrem Inneren aufsteigen. Sie fragt sich, ob dies wohl die Wahrheit sei und ihr bisheriges Leben nur ein Traum war. Zum ersten Mal, seit ihrer Kindheit, fühlt sie wieder, wie das Leben in ihr aufbraust. War sie vorher tot und ist erst jetzt zum Leben erwacht? Wird sie wieder innerlich sterben, wenn sie in ihre düstere, vertraute Wohnung zurückkehrt? Was kann sie tun, um diese Lebendigkeit aufrechtzuerhalten? Was würde ihr Mann dazu sagen? Trotz all dieser offenen Fragen, verspürt sie eine innere Sicherheit, als würde sie etwas auffangen und tragen. Es ist, als würde eine vertraute Person neben ihr sitzen und sie aufmuntern. Ihr ist gewiss, dass alles gut wird und sie keine Angst empfinden muss. Ist es die Magie des Ortes, die sie beeinflusst? Was ist das für eine Kraft, die sie zu tragen scheint? Woher kommt ihre innere Ruhe? Etwas in Lara hat sich für immer verändert. Nichts sieht mehr genauso aus, nichts hört sich und nichts fühlt sich genauso an wie zuvor. Mit klarem Kopf läuft Lara schließlich wieder zur Bushaltestelle. Kein einziger quälender Gedanke beherrscht sie und treibt sie in Verzweiflung.

Lara gibt die Kontonummer ihres Kunden im Computer ein. Vor ihr sitzt ein seriöser Geschäftsmann, der seine Aktien verkaufen möchte. Sie fragt sich, ob er wohl mit seinem Leben zufrieden sei. Sie weiß sehr wenig über diesen Mann. Erkennen kann sie nur seinen Ehrgeiz, sein zwanghaftes Streben nach viel Geld und seinen Hochmut. Doch was steckt hinter dieser Fassade? Verstecken sich seine liebevollen Eigenschaften in seinem Inneren? Während sie die Dividende auf sein Konto umbucht, wird sie von großer Neugier gepackt. Sie erkundigt sich bei ihm, wie es seinen Kindern ginge. Stolz berichtet er, dass beide Kinder Klassenbeste in der Schule seien und dass sein Sohn neuerdings Boxunterricht nehme. Lara bemerkt, wie viel Mühe er aufbringt, um sein Selbstbild mit den Leistungen seiner Kinder aufzuwerten. Dennoch meint Lara einen traurigen Mann vor ihr sitzen zu sehen. Was macht ihn nur so traurig? Ist es ihm eine Last immer der Beste sein zu wollen? Lara unterbricht ihren Gedankengang und wundert sich über ihr großes Interesse am Leben dieses Mannes.

Die folgenden Kundengespräche verlaufen ereignislos. Als ihre Kollegen Feierabend machen, will sie wieder zum Park fahren. Ihr Mann ist so sehr in seine Arbeit vertieft, dass es ihm regelrecht egal zu sein scheint, was seine Frau treibt.

Während der Busfahrt schaut Lara aufmerksam aus dem Fenster. Sie sieht ein Bürogebäude nach dem anderen vorbeiziehen. Plötzlich spürt sie ein Gefühl starker Liebe und Freude in ihr aufsteigen. Was macht sie wohl so fröhlich? Diese eigenartige Empfindung ist ihr zwar ein Rätsel, dennoch genießt sie diese Glückseligkeit. Eine ältere Frau, die eine Reihe vor ihr sitzt, dreht sich zu ihr um und lächelt ihr aus tiefsten Herzen zu. Überrascht lächelt Lara zurück. Rasch wendet sich die ältere Frau wieder von ihr ab. Diese fremde Frau hat ihr soeben zugelächelt, als wäre sie ihre Mutter, die sich freut, sie nach vielen Jahren wieder zu sehen.

Am Park steigt Lara aus dem Bus und macht sich auf den Weg zu dem angenehmen Platz, an dem sie gestern über eine Stunde verbracht hat. Sie atmet tief ein und merkt wie der Blütenduft sie umhüllt. Sie fühlt sich einfach wie im siebten Himmel. Während sie einen Pfad entlang läuft, rennen plötzlich fünf Eichhörnchen auf sie zu. Erstaunt bleibt Lara stehen. Die kleinen Kerlchen umzingeln sie und schauen sie erwartungsvoll an, als würden sie sie um etwas Essbares bitten. Gleich nach wenigen Sekunden brechen sie wieder auf. Jedes Eichhörnchen streift Lara am Bein wie eine anschmiegsame Katze. So schnell wie sie gekommen sind, verschwinden sie auch wieder, als hätten sie sich plötzlich in Luft aufgelöst. Wo sind sie nur geblieben? Wieso verhielten sie sich so eigenartig? Lara scheint es, als wollten diese kleinen Tiere ihr etwas mitteilen. Die kurze Begegnung kam ihr äußerst seltsam vor.

Zu Laras Überraschung ist die Bank, auf welcher sie gestern saß, auch heute nicht besetzt. Freudig setzt sie sich und bewundert die bezaubernde Farbpracht der Blumen. Die gewaltigen Bäume, mit ihren gut erhaltenen grünen Blättern, bieten Ruhe und Geborgenheit. Die Sonne strahlt zwischen den Blättern hindurch und das Wetter ist einfach traumhaft. Es ist angenehm warm und der sanfte Wind streichelt Laras Haut. So wohl hat sie sich noch nie gefühlt. Sie atmet tief durch, um ihren Körper mit dem erfrischenden Blütenduft zu beleben. Bäume und Blumen scheinen heute noch schöner zu sein, als wäre über Nacht alles belebt worden. Während Lara die Natur bewundert, erscheint schlagartig ein helles Licht vor ihr. Einerseits gleicht es einem Schwarm von Glühwürmchen, doch andererseits ist es intensiver, heller und wirkt verzaubert. Das magische Leuchten breitet sich aus und erhellt was zuvor dunkel war. Mit großem Erstaunen stellt Lara fest, dass sich das Licht einzig und allein um sie herum ausgedehnt hat. Die Tatsache, dass sie nun von einer großen, leuchtenden und glitzernden Lichtwolke umhüllt ist, ist ihr ziemlich unheimlich. Dennoch empfindet sie wieder die innere Sicherheit, die sie am Tag zuvor verspürte. Etwas scheint sie zu schützen und zu beruhigen. Anstatt sich Sorgen zu machen, beobachtet sie das Funkeln und Glitzern des eigenartigen Lichtes. Ein starkes Gefühl von Liebe und Glückseligkeit überwältigt sie.

Wie aus einem Trancezustand, kommt Lara wieder zu sich. Ihr wird bewusst, dass sie noch immer auf der weißen Parkbank sitzt. Die Sonne scheint auf ihre Haut und Singvögel zwitschern mit großer Wonne.

Die merkwürdige Lichtwolke ist verschwunden. Wie viel Zeit mag wohl mittlerweile vergangen sein? Ist sie eingeschlafen? War das eigenartige Licht nur ein Traum? Viele Fragen gehen in Laras Kopf herum und keine Antwort scheint angemessen zu sein. Weil ihr mittlerweile doch alles zu unheimlich ist, tritt sie hastig ihren Heimweg an. Um sich vor weiteren unerklärlichen Ereignissen zu schützen, verschließt sie ihre Sinne. Schnell durchquert sie den Park bis zur Bushaltestelle, ohne Wert zu legen auf den Duft der Blüten, den Anblick der Natur oder das sanfte Wehen des Windes. Ihr Wusch besteht einzig und allein darin, möglichst schnell wieder nach Hause zukommen.

Mitten auf der Strecke hält der Bus an. Lara reckt sich und schaut angestrengt durch die Windschutzscheibe des Fahrzeugs, um herauszufinden was die Fahrt verzögert. In der Ferne stehen zwei Autos, die scheinbar ineinander gefahren sind. Die Unfallstelle wurde von der Polizei gesperrt. Eine ältere Frau, die eine Reihe weiter sitzt, dreht sich zu Lara um und lächelt sie liebevoll an. Mit großem Entsetzen bemerkt Lara, dass es die gleiche Frau ist, die ihr bereits auf der Fahrt zum Park zulächelte. Aus Angst gelähmt, ist es Lara nicht möglich das Lächeln zu erwidern.

»Fürchte Dich nicht vor Dingen, die Du noch nicht verstehst«, sagt die ältere Frau im fürsorglichen Ton.

Lara kann nicht antworten, so sehr hat es ihr die Sprache verschlagen. Sie sitzt starr und angewurzelt auf dem Sitz. Die ältere Dame lächelt, zwinkert ihr zu und wendet sich wieder von ihr ab.

Nach einem Beratungsgespräch verabschiedet sich ein zufriedener und höflicher Kunde von Lara. Kaum ist dieser draußen, taucht abrupt ein seltsamer Mann auf. Dieser ist groß und abgemagert, sein Gesicht ist außerordentlich bleich. Die Augen sind so rot, als hätte er Nächte lang nicht geschlafen. Dunkle

13

Augenränder und bläulich angelaufene Lippen lassen ihn äußerst krank aussehen. Erschrocken über seinen Anblick fragt Lara, ob sie ihm einen Krankenwagen rufen soll. Er schüttelt den Kopf und erwidert, sie sei diejenige, die einen Krankenwagen nötig hätte. Der eigenartige Mann bekommt einen Hustenanfall und hustet so viel, dass er fast keine Luft mehr bekommt.

»Sind Sie sicher, dass Sie keine Hilfe brauchen?«

Der junge Mann reißt sich zusammen und schaut sie mit einem ernsten und finsteren Gesichtausdruck an.

»Hören Sie mal gut zu, gute Frau. Was Sie aus Ihrem Leben machen, ist eine Schande.«

Lara sieht ihn verdutzt an und ohne zu zögern fährt der Mann fort.

»Sie arbeiten nun schon sieben Jahre in dieser Position, obwohl Sie die Fähigkeiten besitzen, zur Geschäftsführerin aufzusteigen. In einer Führungsposition haben Sie viel mehr Macht und bekommen total viel Geld. Ganz unter uns, es gibt gewisse Menschen, die mit Kräutern und Tieropfern Ihre Konkurrenz lahm legen können. Mit deren Hilfe können Sie sogar Ihre eigene Bank oder mehrere Kreditinstitute gründen. Sie könnten ebenfalls Politikerin werden. Alle Widersacher und Gegner könnten dann durch Hexerei plötzlich schwer krank werden. Sie könnten so viel Macht, Ruhm und Geld haben, wie Sie es nur wollten. Und dann wären Sie endlich mal *jemand* und sind nicht mehr so eine Verliererin wie jetzt. Alle Menschen würden wissen, dass Sie existieren und würden Kontakt zu Ihnen suchen. Na, was sagen Sie dazu?«

Lara ist erschrocken über das, was sie soeben zu Hören bekommen hat.

»So etwas würde ich noch nicht einmal in Erwägung ziehen«, antwortet sie selbstbewusst. »Die Menschen, die Kontakt zu mir suchen, wenn ich reich bin, wollen nur mein Geld. An mir wären sie nicht im

14

Geringsten interessiert. Außerdem würde ich niemals aus Eigennutz anderen Schaden zufügen wollen.«

Angewidert verzieht der junge, kranke Mann sein Gesicht.

»Ach, denken Sie ernsthaft es gibt wahre Freundschaft«, lacht er höhnisch. »Alle Menschen sind von Grund auf egozentrisch und handeln aus Eigennutz. Sie nutzen Sie und andere maßlos aus. Sie betrügen, missbrauchen, vergewaltigen und töten. Für Sie, gute Frau, hat niemand Zeit. Ein tolles Beispiel hierfür ist Ihr Mann. Sein Zwang, Geld anzuhäufen, treibt ihn dazu, seiner Arbeit und der Börse mehr Aufmerksamkeit zu widmen als Ihnen. Sie werden gnadenlos untergehen, wenn Sie sich dieser kalten, dunklen Welt nicht anpassen. Wehren Sie sich doch endlich und zahlen es ihnen heim. Ignorieren Sie sie! Benutzen und betrügen Sie sie! Rächen Sie sich an diesen Schweinen! Machen Sie Karriere und werden Sie steinreich! Dann können Sie es denen zeigen! Aber wenn Sie so weitermachen wie bisher, werden sie krank und sterben sehr früh ohne etwas erreicht zu haben!«

Lara hört ihm nachdenklich zu und bleibt sich dennoch treu.

»Mir ist bewusst, dass mich die meisten Menschen ausnutzen und betrügen. Ich wehre mich, wenn es keinen friedlichen Ausweg gibt. Dennoch glaube ich an das Gute im Menschen und versuche ihnen zu verzeihen. Viele Menschen betrügen, weil sie Angst haben unterzugehen und dann aus Armut verhungern zu müssen. Alle sehen sich als Opfer, die sich gegen bösartige Täter wehren. Aber sie wissen nicht, dass sie in jedem Menschen einen Feind sehen, der bekämpft und der dringend ausgeschaltet werden muss. Tut mir leid, die Lebensweise, die Sie mir schmackhaft machen wollen, ist genau die, die die Welt so krank macht.«

Diese Worte lösen beim jungen Mann einen starken Hustenanfall aus.

»Sind Sie sicher, dass Sie keinen Arzt benötigen?«, fragt Lara besorgt.
Als der Husten nachlässt, bricht der Mann in Zorn
aus.
»Das werden Sie noch bereuen!«, schreit er.
»Bald werden Sie erkennen, was Ihnen Ihre weltfremde
und irreale Ansichtsweise antut. Sie werden körperlich
krank und sterben! Sie werden sehr bald sterben! Es
rentiert sich nicht, als Träumerin durch den Tag zu spazieren und der Wahrheit aus dem Weg zu gehen! Sie
sterben bevor Sie der Wirklichkeit auch nur nahe kommen.«
Vor Rage am ganzen Leib zitternd, verlässt der
Mann ihr Büro und knallt die Tür zu. Mehrere Minuten
sitzt Lara wie gelähmt auf ihrem Bürostuhl und starrt
die geschlossene Bürotür an. Als ein angemeldeter
Kunde anklopft, kommt sie wieder zu sich.

Die Mittagspause nutzt Lara dazu, sich über
diesen eigenartigen Mann zu erkundigen. Sie vermutet,
er sei Bankkaufmann oder Mitarbeiter der Personal-
abteilung. Aber diese Beschreibung scheint auf niemanden zu passen. Auch als Kunde ist er niemandem
bekannt. In der Nachbarschaft und der unmittelbaren
Umgebung hat ihn auch noch nie jemand gesehen.
Nach erfolgloser Recherche, geht Lara zu ihrem Mann
ins Büro.
»Sag' mal, Paul, hast du mir einen jungen Mann
ins Büro geschickt, der mit mir über meine Karriere
reden sollte?«, fragt sie nervös.
»Was erzählst du mir wieder für komische Geschichten? Natürlich nicht. Deine Karriere interessiert
dich sowieso nicht. Jetzt lass' mich in Ruhe!«, schnauzt
er, bevor er sich wieder in seine Arbeit vertieft.
Mit verletzten Gefühlen und leerem Magen begibt
sich Lara wieder in ihr eigenes Büro. Für den Rest des
Tages arbeitet sie unkonzentriert, denn dieser kranke
Mann geht ihr nicht aus dem Sinn.

Nach vorgeschriebener Arbeitszeit geht sie wieder in den Park. Sie hofft seltsame Dinge zu erleben, die ihre Fragen beantworten. Doch im Bus ist keine geheimnisvolle Frau zu sehen und im Park scheint auch alles in bester Ordnung zu sein. Sie sieht weder verwunderliche Lichter, noch extrem zutrauliche Eichhörnchen. Die weiße Parkbank, welche von farbenfrohen Blumen umrandet ist, ist wieder nicht besetzt. Zufrieden setzt sie sich in die Sonne, schließt ihre Augen und genießt den unvergleichlichen Duft diverser Blüten. Stundenlang könnte sie hier verweilen. Dieser Ort schenkt ihr Ruhe, Frieden und Geborgenheit. Nach einiger Zeit öffnet Lara wieder ihre Augen und sieht ein Mädchen mit langem, blondem Haar, das sie neugierig beobachtet. Sie trägt ein knielanges Blümchenkleid und schwingt spielerisch ihre Arme.

«Alle Antworten findest du in deinem Herzen», sagt das Kind mit ruhiger Stimme.

Tänzelnd hüpft sie davon und verschwindet spurlos. Lara ist noch zu überwältigt von der Ruhe, die sie an diesem Ort verspürt, um über das Mädchen nachzudenken. Beruhigt schließt sie ihre Augen und versinkt immer mehr in innerem Frieden.

Einige Wochen sind vergangen. Erfolglos hat Lara versucht ihre Ehe zu retten. Eine Scheidung kommt für sie zu diesem Zeitpunkt jedoch noch nicht in Frage. Ihren viel versprechenden Arbeitsplatz hat sie gekündigt, um nach Bhutan zu reisen. Dort möchte sie etwa fünf Jahre verbringen und nach Erleuchtung suchen.

Der Zauber des Augenblicks

Ein Mann, ohne Gesicht und in schwarzem Habit, steht in der dunklen Ecke eines Kinderzimmers. Plötzlich wacht Sophie auf und sieht den schwarzen Umriss dieser Gestalt. Im Zimmer ist es nicht vollständig dunkel, da ein wenig Licht von Straßenlaternen durch die geschlossene Jalousie dringt. Das zehnjährige Mädchen reibt sich den Schlaf aus den Augen, um den Mann besser sehen zu können. Doch mit einem Mal ist er verschwunden. Hat ihre lebhafte Fantasie ihr einen Streich gespielt? Oder hat sie ein Gespenst gesehen? Ihren Eltern braucht sie davon gar nicht zu erzählen; denn als sie vor vier Wochen ovalförmige Lichter im Himmel erblickte und kurz darauf ihre Eltern fragte, ob es Ufos gewesen sein könnten, lachten beide nur.

»Deine Fantasie könntest du für deine Schulaufsätze nutzen. Die sind nämlich eher mäßig und zuhause erzählst du die verrücktesten Geschichten«, die Worte ihrer Mutter dröhnen noch heute in ihren Ohren.

Sophie ist vom Schulunterricht ohnehin nicht begeistert, denn ihre Lehrer stören immer ihre Tagesträume.

Schlagartig kommt ihr ein seltsames Ereignis in den Sinn, das noch gar nicht so lange zurückliegt. Vor zwei Wochen war sie mit ihren Eltern und deren Freunde beim Campen. Einer der Freunde brachte seinen elfjährigen Sohn Tom mit. Sophie und Tom, die ebenfalls gut befreundet sind, erkundeten nachts den Wald. Kurz bevor sie wieder zum Campingplatz umkehren wollten, erspähten sie Licht hinter unzähligen Bäumen. Es schien von Osten nach Westen zu wandern. Schnell und lautlos schlichen beide dem Licht entgegen. Außer Atem rannten sie auf einen Hügel und konnten schließlich die Lichtquelle erkennen. Zehn Gestalten, die wie Mönche gekleidet waren, liefen einen Pfad entlang. Dem Anschein nach, trugen sie Masken, denn ihre Gesichter waren nicht zu erkennen. Jeder von ihnen hielt eine brennende Fackel. Während sie tief in den Wald hineinliefen, summten sie eine seltsame Melodie.

»Was sind das für Leute?«, fragte Sophie ihren Kumpel Tom.

»Keine Ahnung«, erwiderte er leise.

»Ist das irgendein Ritual, das die dort durchführen?«

»Keine Ahnung«, entgegnete Tom wiederholt. Der Anblick der schwarz gekleideten Männer war so schauderhaft, dass beide sofort zum Campingplatz zurückeilten. Sophie erzählte ihren Eltern nichts darüber, denn eine weitere Predigt über Fantasie und Schulaufsätze wollte sie sich nicht anhören.

Die Gestalt, die Sophie gerade für einige Sekunden gesehen hat, war das einer von den zehn Männern im Habit? Woher wissen die nur wo sie wohnt? Sind sie ihr etwa gefolgt? Wie ist der Mann in ihr Zimmer gelangt? Und wo ist er jetzt? Neugierig schaut sie auf den Wecker, um schließlich zu erfahren, dass es kurz nach vier ist. So müde, wie sie ist, legt sie sich wieder hin und schläft sofort ein. Als Sophie am nächsten Morgen aufwacht, hat sie das Ereignis dieser Nacht schon längst vergessen. Erst in der ersten großen Pause, als sie Tom auf dem Schulhof sieht, fällt ihr alles wieder ein. Wie immer albert dieser mit seinen Freunden herum. Sophie geht zu ihm, zupft ihm am Ärmel und fragt, ob sie ihn kurz unter vier Augen sprechen könne.

»Ach, schaut euch dieses Liebespaar an!«, ruft Toms Freund, Mike.

Während Toms Freunde kindisch lachen, zieht Sophie ihren Kumpel zu einer ruhigen Ecke des Schulhofs, wo sie ungestört reden können.

»Heute Nacht bin ich plötzlich aufgewacht und habe eine Gestalt in meinem Zimmer gesehen. Es sah aus, als hätte dieses *Ding* eine schwarze Kutte getragen. Ich konnte zwar kein Gesicht sehen, trotzdem kam es mir so vor, als würde es mich anstarren. Nach wenigen Sekunden ist es verschwunden. Tom, denkst du einer von den zehn Männern aus dem Wald ist mir bis nach Hause gefolgt und weiß wo ich wohne?«

»Keine Ahnung«, erwidert Tom. »Bist du sicher, dass er dich angestarrt hat?«

»Ich habe einen bohrenden Blick gespürt, der mich aus den Schlaf gerissen hat. Was glaubst du wollte er in meinem Zimmer?«

»Keine Ahnung«, antwortet Tom wieder. »Wenn noch mal einer von denen in deinem Schlafzimmer ist, wird es ernst. Dann müssen wir diese Kreaturen zur Rede stellen!«

»Hm, ja!«, seufzt Sophie ängstlich.

»Nun, ich geh' mal zurück zu meinen Freunden! Wir sehen uns später, Sophie.«

Tom trottet zu den albernen Jungs zurück und Sophie steht noch für einige Zeit wie angewurzelt an derselben Stelle.

Um Punkt vier Uhr wacht Sophie erneut auf, da sie eine gesummte Melodie hört. Die tiefen Töne durchdringen ihren Körper und setzen jede einzelne Zelle in Schwingung. Es ist das gleiche Lied, das im Wald von den zehn Gestalten gesummt wurde. Ängstlich schaut sich Sophie im Zimmer um. Und dieses Mal ist kein ungewöhnliches Wesen zu sehen. Dennoch wird der ganze Raum von einer einzigartigen Melodie eingenommen. Nachdenklich sitzt sie in ihrem Bett. Was soll das bedeuten? Was wollen diese Kreaturen? Ihr Herz schlägt ihr bis zum Hals. Nichts scheint einen Sinn zu ergeben. Wahrscheinlich würde all dies nicht passieren, wenn sie beim Campen nicht so neugierig gewesen wäre. Aber was ist mit Tom? Den scheint niemand am frühen Morgen aufzuwecken. Warum wird gerade Sophie von diesen Gestalten heimgesucht? Da ihr die ganze Angelegenheit zu gruselig ist, zieht sie verängstigt die Bettdecke über den Kopf. Erstaunlicher Weise schläft Sophie nach wenigen Minuten so tief und fest, als wäre sie nie aufgewacht.

Am nächsten Morgen kann sich Sophie noch haargenau an alles erinnern. Nach dem Frühstück eilt sie zum Schulbus. Sie setzt sich jeden Tag neben ihre Freundin Nicole, die schon eine Station eher in den Bus steigt. Doch heute ist Sophie nicht so gesprächig wie sonst.

»Ist alles in Ordnung, Sophie?«, fragt Nicole besorgt.

»Ja, es geht so«, antwortet Sophie betrübt. »Ich habe schlecht geschlafen.«

Nicole ist ein Mensch, der für alles immer eine passende Erklärung parat hat. An Phänomenen, für die sie keine angemessenen Argumente findet, ist oft das Wetter schuld.

»Das ist bestimmt das Wetter. Momentan ist es viel zu verregnet. Seltsam, wie das Wetter sich momentan verhält.«

Jedes Mal, wenn Sophie das Schulgebäude vom Bus aus sieht, dreht sich ihr Magen um. Mit verzogener Miene nähert sie sich diesem ‚Gefängnis‘.

Während dem Unterricht ist Sophie in ihre Tagesträume vertrieft. Gerade als sie ein schöner Prinz aus der qualvollen Gefangenschaft eines bösen Königs befreit, unterbricht ihre Mathematik Lehrerin, Frau Weiß, die heldenhafte Tat.

»Sophie, gehe bitte an die Tafel und löse diese Aufgabe für uns! Ihr anderen, seid jetzt bitte still!«, fordert Frau Weiß die Schüler auf.

Stöhnend und widerwillig steht Sophie auf, geht zur Tafel und versucht die Aufgabe zu lösen. Als sie nicht weiter weiß, schaut sie nachdenklich zum

Fenster. In ihrem Blickfeld erscheint plötzlich eine Gestalt in schwarzem Habit. Unter der Kapuze ist kein Gesicht zu erkennen, sondern nur ein schwarzer, dunkler Schatten.

»254«, flüstert ihr das Wesen zu.

Reglos starrt Sophie diese Erscheinung an.

»254«, flüstert die Gestalt erneut.

Wie in Trance wendet sich Sophie der Tafel zu und schreibt mit zitternden Händen die Zahl 254 unter den Bruchstrich.

»Sehr gut, Sophie. Du kannst Dich wieder setzen«, sagt Frau Weiß zufrieden.

Sophie blickt nochmals zu der Stelle, an der sie den seltsamen Mann gesehen hat. Doch dieser ist spurlos verschwunden. Gehorsam setzt sie sich auf ihren Platz und wendet sich Nicole zu.

»Hast du diese Gestalt am Fenster gesehen?«, flüstert sie ängstlich.

»Was für eine Gestalt?«, fragt Nicole und runzelt die Stirn. »Wovon redest du? Du bist heute ziemlich eigenartig drauf, weißt du das?!«

»Ach, nichts«, nuschelt Sophie traurig.

Schließlich versinkt sie wieder in Gedanken. Dieses Mal befindet sie sich nicht in ihrer märchenhaften Traumwelt, sondern beschäftigt sich mit den rätselhaften Männern aus dem Wald. Den ganzen Tag über verhält sich Sophie äußerst ungewöhnlich. Sie zieht sich zurück und redet noch nicht einmal mit Tom. Am Nachmittag heckt sie einen genialen Plan aus, wie sie sich nachts aus dem Haus schleichen und gut ausgerüstet mit dem Fahrrad zum Wald fahren kann.

Zwei Uhr morgens klingelt der Wecker. Aus dem Tiefschlaf gerissen, schreckt Sophie auf. Sie ist benommen und weiß weder wo sie ist, wer sie ist, noch was vor sich geht. Als ob es noch nicht grauenhaft genug wäre, mitten in der Nacht aufzuwachen, nimmt sie zu ihrer Unzufriedenheit auch noch Übelkeit wahr.

Nach einigen Minuten kommt sie zu sich und erinnert sich an ihren Plan, der um diese Uhrzeit sehr absurd erscheint. Sie hat nicht die geringste Lust aufzustehen. Doch der Wunsch, das Erscheinen dieser merkwürdigen Kreaturen zu beenden, ist letzten Endes doch stärker als ihre Bequemlichkeit. Schnell zieht sie sich an, schnappt ihren gepackten Rucksack und schleicht aus ihrem Zimmer. Im Treppenhaus hält sie inne und horcht, ob ihre Eltern gegebenenfalls noch wach sind. Doch das Haus wird von einer unheimlichen Ruhe beherrscht. Sophie geht die Treppe hinunter zum Hauseingang. Dort zieht sie sich eine dicke Jacke über und nimmt ihren Schlüssel vom Schlüsselbrett. Als sie die Haustür öffnet, erschlägt sie zunächst die eisige, feuchte Kälte der dunklen, nebligen Nacht. Doch davon lässt sich Sophie nicht abhalten. Flink schließt sie die Tür zu, geht in den Garten und holt das Fahrrad, das sie am Nachmittag zuvor im Gebüsch versteckte. Schließlich macht sie sich auf den Weg zum Wald. Der eisige Wind peitscht ihr ins Gesicht. Am Waldrand, welcher nicht weit von ihrem Elternhaus entfernt liegt, schlägt sie einen Radweg ein. Auf diesem dunklen, engen Pfad kommt ihr die Fahrt wie eine Ewigkeit vor. Die feuchte, frostige Luft sticht wie Nadeln in ihrem Gesicht. Ihre Hände sind bereits taub vor schneidender Kälte. Dunkelheit und Nebel erschweren ihr noch zusätzlich die Sicht. Durch die Fahrradlampe sind nur Bäume und Radweg in ihrer unmittelbaren Nähe leicht zu erkennen. Mutig fährt sie geradezu ins Ungewisse. Es kommt ihr vor, als fahre sie durch feuchte Spinnengewebe. Alles erscheint ihr seltsam und fremd. Sollte sie nicht lieber umkehren? Wie soll sie nur bei dem Nebel den Campingplatz finden? Sophie beginnt an ihrem genialen Plan zu zweifeln. Nach einiger Zeit – die Sophie als mehrere Stunden empfindet – sieht sie ein Schild, auf dem der Name des Campingplatzes und eine Kilometerangabe eingraviert sind. Nur noch fünf Kilometer! Sophie atmet erleichtert auf und tritt mit viel

Kraft in die Pedalen. Dennoch kommen ihr selbst die fünf Kilometer wie eine Ewigkeit vor.

Schließlich erreicht sie einen Platz, auf dem sich Campingwagen befinden. Durch den dichten Nebel erkennt sie die Gegend zwar kaum wieder, trotzdem ist sie sicher, dass sie endlich am Ziel ist. Wie aus dem Nichts ertönt plötzlich eine gesummte Melodie. Sie versucht herauszuhören, aus welcher Richtung die Töne kommen. Da der Klang überall zu sein scheint, fällt ihr dies nicht leicht. Weil ihr nichts Besseres einfällt, gibt sie einem inneren Impuls nach und läuft mit ihrem Fahrrad in eine beliebige Richtung. Es scheint ihr, als arbeite sie sich durch mehrere Schichten einer unbekannten, verwebten und nebligen Substanz. Je weiter sie läuft, desto lauter erklingt das gesummte Lied und desto eifriger wandelt sie wie in Trance den Tönen entgegen. Der lebhaften Sophie kommt alles wie ein Traum vor. Schon bald erkennt sie in der Ferne ein Licht. Ihr Verstand scheint die Kontrolle über ihren Körper verloren zu haben. Sie wandelt den unebenen Waldboden entlang, als würde sie den Befehlen einer höheren, allwissenden Macht folgen. Ihr Kopf ist vollkommen leer. Kein einziger Gedanke treibt darin sein Unwesen.

Sophie gelangt an eine Lichtung, auf der sich zehn Gestalten befinden. Sie halten brennende Fackeln in den Händen und laufen im Kreis, bis dieser zu einer Spirale wird. Bald darauf wenden sich die Männer und laufen in die Gegenrichtung. Die kleinen Windungen lösen sich nach und nach auf und der ursprüngliche, schlichte Kreis entsteht. Schließlich beginnt dasselbe Schauspiel von vorn. Plötzlich verstummen diese Kreaturen und die letzten Töne verlieren sich in der Dunkelheit. Die Gestalten bleiben stehen und bilden einen wohlgeformten, erleuchteten Kreis.

Eines dieser Wesen beginnt mit einer starken, tiefen Stimme im gregorianischen Stil zu singen. Sophie kann die gesungenen Worte nicht verstehen, denn die Sprache ist ihr völlig unbekannt. Die Resonanz der tiefen Klänge durchdringt ihren gesamten Körper wie ein innerliches Beben. Der Nebel verstärkt sich: Dichte, weiße Schleier fallen vom Himmel zur Erde. Die verhüllende, wolkenartige Luft berührt Sophies Gesicht und breitet sich schnell aus. Bald kann sie ihre eigenen Beine nicht mehr erkennen. Selbst die zehn seltsamen Kreaturen sind nicht mehr zu sehen. Nur noch die Lichter der Fackeln funkeln schwach durch die Wolkenschleier hindurch. Wie der Nebel zunimmt, steigt in Sophie ein Gefühl der Unwissenheit und Blindheit auf. Sie fühlt sich verloren und gefangen in einer Welt, die von Wahnsinn und Ignoranz beherrscht wird. Die tiefe Stimme verstummt. Nur noch neun Lichter glimmen durch das dichte Luftgewebe, welches sich nun nach und nach auflöst. Die Sicht wird immer klarer bis sich der Nebel vollkommen aufgelöst hat und Sophie die Gestalten deutlicher als je zuvor erkennt. Zur ihrem Erstaunen stehen dort tatsächlich nur noch neun von ihnen. Was mag wohl mit dem Zehnten geschehen sein?

Aber zum Nachdenken bleibt ihr keine Zeit, denn die Stimme einer weiteren Gestalt setzt ein. Sie ist so tief und stark wie die vorherige, doch die Melodie ist anders. Gleichermaßen durchdringen die Schwingungen ihren Körper bis auf die Knochen. Blätter beginnen zu rascheln und Äste bewegen sich leicht. Sophie verspürt einen sanften Windhauch auf ihrem Gesicht. Nach kurzer Zeit durchströmt nicht nur der Gesang, sondern auch der Wind Sophies Körper. Es scheint ihr, als würde eine milde Brise durch sie hindurchwehen, sie reinigen und ihren Schmerz fortwehen. Sie fühlt sich so frei wie ein durch die Lüfte gleitender Vogel. Schließlich beobachtet sie, wie sich der singende Mann allmählich auflöst. Einzelne kleine

Teile von ihm und der Fackel werden mit dem Wind fort getragen. Das Feuer erlischt und der Gesang wird in die Dunkelheit verbannt. Nun wird die Nacht von Reglosigkeit und absoluter Stille regiert.

Gleich darauf beginnt ein anderes Wesen mit einem neuen Lied. Die Stimme ist ebenfalls tief und verschmilzt im Einklang mit Sophies Herzschlag. Sie spürt einen Tropfen auf ihrer Haut. Schließlich folgt ein Tropfen dem anderen, bis ein heftiger Regen einsetzt. Schon bald ist Sophie bis auf die Haut durchnässt. Doch der Niederschlag dringt nicht nur durch ihre Jacke und ihre restliche Kleidung, sondern fließt, wie ein Bach mit reinigendem Wasser, durch ihren gesamten Körper. Es scheint, als würden die unendlich vielen Regentropfen ihren Frust und Ärger wegspülen. Selbst der singende Mann wird vom Regen durchströmt. Einzelne Teilchen von ihm werden weggespült und versickern in der Erde. Auch seine Stimme wird vom Erdboden verschluckt. Wie der Regen nachlässt, so trocknet auch Sophies Kleidung übernatürlich geschwind.

Schon fängt die nächste Gestalt zu singen an. Eine andere, tiefgreifende Melodie bebt durch Sophies Leib und Seele. Schneeflocken fallen vom Himmel, wodurch Bäume und Waldboden nun von einer glitzernd weißen Pracht bedeckt sind. Die hellen Flocken schweben durch Sophie hindurch. Sie tragen und reflektieren Licht in jede einzelne Zelle. In Sophies Inneren wird es dadurch leuchtend hell. Das singende Wesen und dessen Fackel werden langsam zu Schnee. Der Gesang wird von Schneeflocken gedämpft und erstickt. Kurz darauf wird es warm, der Schnee schmilzt und versickert in der Erde.

Nach kurzer Stille ist der nächste Mann mit seiner Melodie an der Reihe. Wiederum wird Sophie von einer gewaltigen Stimme durchflutet. Hagelkörner donnern auf den mit Blättern, Unkraut und Moos bedecken Waldboden. Auch auf Sophie prasseln Hagelkörner herab. Zu ihrer Überraschung empfindet sie es, wie eine angenehme Massage. Die eisigen Körner trommeln durch sie hindurch und lockern ihre Verspannungen und festgesetzten Ängste. Jede Unsicherheit schwindet, wodurch sich Sophie wie neugeboren fühlt. Die singende Kreatur wird vom Hagel zerbröckelt. Wie Felsbrocken fallen Bruchstücke der Gestalt nieder und verwandeln sich in Schutt und Asche. Die Melodie wird mitgerissen und im Erdboden vergraben. Ohne jegliche Schäden oder Spuren zu hinterlassen, lässt der Hagel nach.

Neue und überwältigende Töne erklingen durch den nächsten Mann. Wieder verspürt Sophie Wind im Gesicht. Doch dieser wird immer gewaltiger und entwickelt sich zu einem heftigen Sturm. Sophie wird gegen einen Baum geschleudert, an dessen Stamm sie sich gerade noch festhalten kann. Der Sturm wütet durch sie hindurch, wobei ihr Kummer mit gewaltigem Druck weggeschleudert wird. Das singende Wesen wird zum Wirbelsturm, löst sich auf und verschwindet spurlos. Zugleich wird das Lied vom nachlassenden Wind erstickt. Eine bewegende Stille verbleibt.

Während die nächste Kreatur ein tiefsinniges Lied singt, bemerkt Sophie, wie die Luft immer trockener wird. Mitten aus der Nacht entspringt ein heftiger, feuriger Sonnenstrahl. Dürre und Trockenheit setzen sich durch, worauf der zuvor kalte und feuchte Ort zur Wüste wird. Die Hitze brennt auf Sophies Haut und in ihrem Inneren fühlt sie ein Feuer. Flammen der Hoffnung und Güte scheinen sie zu beleben. Der singende Mann vertrocknet, zerfällt zu Sand und wird somit Teil des Wüstenbodens. Sein Gesang erstickt in den Dünen. Schließlich lässt auch die Hitze nach und die ursprüngliche Waldlichtung bleibt zurück. Dort stehen nur noch drei Gestalten mit Fackeln.

Das nächste Wesen lässt ein lebendiges Lied erklingen. Die tiefen Töne beben Sophie durch Mark und Bein, während um sie herum Blitze einschlagen.

Die krachenden Donner lassen Sophies Herz für kurze Zeit stillstehen. Ein starker Regen strömt auf Sophie herab. Blitze schnellen durch sie hindurch und geben ihr ein enormes Maß an Kraft und Energie. Die singende Kreatur wird vom Blitz getroffen, wonach sie zusammen mit der Melodie in der Stille der Nacht verschwindet. Das Gewitter lässt nach und Sophies Kleidung ist innerhalb von wenigen Sekunden trocken.

Die eisige Ruhe wird von dem Gesang des vorletzten Mannes gebrochen. Der Klang dehnt sich in Sophies Innerem aus. Eisregen prasselt auf die Bäume, den Boden und auf Sophie. Äste werden von funkelndem, leuchtendem Eis bedeckt und bilden glänzende Eiszapfen. Der Boden gleicht nun einem gigantischen Spiegel. Das Eis dehnt sich in Sophies Körper aus und belagert jede einzelne Zelle. In ihr spiegelt sich jetzt all die Liebe wieder, die sie jemals empfand. Auch die größte Lebensfreude wird gespiegelt und ausgestrahlt. Das singende Wesen wird anschließend zu Eis, worauf es in tausend Stücke zerbricht. Die Töne zerspringen und zerstreuen sich in der Luft, bis das glitzernde Eis schmilzt.

Jetzt steht nur noch eine Gestalt auf der Lichtung. Die letzte Melodie ertönt in einer wunderschönen Pracht. Durch die dunkle Nacht erscheint die Sonne, wodurch es angenehm hell und warm wird. Blumen wachsen auf dem Waldboden und erblühen in all ihrer Herrlichkeit. Selbst an den Bäumen erblicken nun Blüten das Licht und verbreiten einen wohligen Duft. Wärme dehnt sich in Sophies Körper aus und hinterlässt eine Erfüllung, von der ein Mensch nur zu träumen vermag. Die Sonne strahlt ihr direkt ins Herz und lässt es aufleuchten. In Sophies Gesicht schimmert nun pure Lebensfreude. Der letzte Mann wird zu Licht, steigt zum Himmel empor und vermischt sich mit der Sonne. Wieder ist es äußerst still.

Im Wald ist es heller als an einem sonnigen Nachmittag. In der Mitte des Kreises, den die Gestalten zuvor bildeten, erscheint eine weitere Figur. Es ist ein Mädchen mit langem, weißem Haar. Sie trägt ein langes, weißes, seidenes Kleid und ihre großen blauen Augen erinnern an zwei endlose Meere. Die untere Hälfte des Gesichtes wird von einem kleinen transparenten Schleier verdeckt. Auch ihr langes Haar ist in ein hauchdünnes Tuch gewickelt. Dieses Mädchen gleicht einer Fee, so übernatürlich wirkt ihre Gestalt. Die großen blauen Augen leuchten, so wie alles um sie herum glänzt und glitzert. Das Mädchen streckt ihre Hand aus. In dieser befindet sich eine Uhr, dessen Zeiger sich ungewöhnlich schnell bewegen. Sophie sieht die Sonne untergehen und die Dunkelheit die Abendröte verdrängen. Kurz darauf wird die tiefe, schwarze Nacht von der Morgendämmerung vertrieben. Spielerisch wechseln die Farben, bis die Sonne den Himmel endgültig hellblau erscheinen lässt. Die Zeiger bleiben stehen, bevor sich die Uhr in Staub auflöst. Das geheimnisvolle Mädchen zieht ihre Hand zurück und lässt Sophie in die großen blauen Augen blicken. Die Zeit scheint stillzustehen. In den Augen sieht sie gleichzeitig Nebel, Regen, Schnee, Gewitter, Sonnenschein, Eisregen, Dürre, Hagel, Wind und Sturm. Vergangenheit, Gegenwart und Zukunft verschmelzen, als passiere alles jetzt, zu diesem Zeitpunkt. Erinnerungen steigen in Sophie auf. Sie verspürt alles, was sie jemals erlebt hat, was würde sie es erst jetzt erleben. Selbst Orte scheinen miteinander zu verschmelzen: Indien, Afrika, China, Nord- und Südamerika. Der gesamte Planet befindet sich im Hier und Jetzt. In den unbeschreiblichen Augen sieht sie Menschen unterschiedlicher Kulturen, die absolut präsent zu sein scheinen. Einige von ihnen leiden, andere strahlen voller Freude. Alles scheint sich hier und in diesem Moment abzuspielen. Die Totalität allen Seins ist hier, in der Gegenwart. Das feenhafte Mädchen entfernt ihren Schleier, damit Sophie nun ihr tiefgründiges Lächeln sehen kann. Ihr gesamtes Gesicht strahlt vor tiefster Glückseligkeit. Nun verliert das Mädchen ihre kindlichen Gesichtszüge und gewinnt an Körpergröße: Sie wird erwachsen. Lachfalten bilden sich in ihrem Gesicht, bis schließlich eine alte Dame vor Sophie auf der Blumenwiese sitzt. Daraufhin zerfällt die alte Frau zu Staub. Der Schleier, der an ihrem Haar befestigt war, schwebt noch in der Luft und löst sich allmählich auf. Das Leuchten, das zuvor im Gesicht zu sehen war, schimmert noch immer. Nach und nach verschwinden Sonne und Blumenwiese und lassen Sophie an der verlassenen, finsteren Lichtung zurück. Der Boden ist wieder mit Unkraut, Moos und Blättern bedeckt und die Morgendämmerung hat bereits eingesetzt. Das Leuchten des geheimnisvollen Mädchens schwebt noch in der Luft. Sophies Kopf ist nun vollkommen klar und befreit. In diesem Augenblick weiß sie, dass ihr Leben nie mehr so sein wird wie zuvor.

Die verlorenen Seelen

An der Küste Nordwest-Irlands wirkt der breite Strand einsam und verlassen. Am Himmel herrschen Farben des Abendlichtes: Orange, Violett und Dunkelblau. Neben dem Sandstrand donnern gewaltige Wellen des tiefen, geheimnisvollen Ozeans gegen die angrenzende Steilküste. Unerklärlicherweise kommen plötzlich mehrere Frauen und Männer aus einem Felsen zum Vorschein. Sie laufen quer über den Sandstrand, auf das Meer zu. In Schuhen und Straßenkleidung gehen sie ins Wasser, bis einer nach dem anderen von den Wellen verschlungen wird. Keiner von ihnen taucht jemals wieder auf.

– Pierre, ein Franzose aus Poitiers, befindet sich zufälligerweise gerade an diesem Strand. Er ist über dreißig Jahre alt und ein leidenschaftlicher Künstler. Mit Vorliebe malt er Bilder vom Meer im Impressionismus. Er möchte Landschaften in ihrer tatsächlichen und augenblicklichen Erscheinung verewigen und dennoch sollen sie auf den Betrachter mysteriös und beruhigend wirken. Käufer beteuern ihm, seine Gemälde übten eine starke Anziehungskraft aus. Wenn er seine Bilder an öffentlichen Plätzen aufstellt, bleiben selbst gehetzte Passanten, die zufällig einen Blick auf seine Werke werfen, für einen Moment in Bewunderung stehen. –

Da Pierre nun diese Menschen ins Meer hineingehen und nach mehreren Minuten nicht wieder auftauchen sieht, läuft er fassungslos den Strand entlang und versucht etwas im Meer zu erspähen. Er fragt sich, woher diese Menschen überhaupt kamen. Liefen sie tatsächlich durch den Felsen hindurch, oder war es bloß eine Halluzination? Verzweifelt geht er zurück zu seinem Platz und packt das Malzubehör in seinen Koffer. Er vermutet, zu lange in der Sonne gewesen zu sein und nun einen Sonnenstich zu haben, wodurch seine Wahrnehmung wohl beeinträchtigt wird. Für ihn ist damit die Sache abgehakt und er denkt nicht weiter darüber nach.

– Morgens und abends malt Pierre besonders gern, denn zu dieser Zeit sind sehr wenig Menschen am Strand. Zum Malen braucht er absolute Stille und Zurückgezogenheit, um sich der Kunst und der Natur zu öffnen. Mittags und nachmittags, wenn der Strand überfüllt ist, macht Pierre gewöhnlich eine lange Mittagspause. Seine Pausen verbringt er ebenfalls in der Natur. Am liebsten beobachtet er von einer Klippe aus, wie die Wellen auf die Felsen prallen. Solche Orte geben ihm viel Kraft und das Gefühl, mit sich selbst und der gesamten Welt verbunden zu sein. –

Auch am nächsten Abend kehrt er mit seinem Koffer, samt Malzubehör, an den Strand zurück. Er stellt die Staffelei auf, platziert das Bild und mischt die Farben. Mit jedem Pinselstrich wird das Gemälde vollständiger und schöner. Als die Sonne untergeht und die Abendröte zunimmt, treten seltsamerweise wieder Menschen aus dem Kliff hervor. Dieses Mal beobachtet Pierre die Felswand sehr genau. Es scheint, als würden diese Leute direkt durch die Felsen gehen. Sie überqueren den Strand und gehen, bekleidet wie sie sind, ins Meer. Während die Köpfe der Ersten von den Wellen verschlungen werden, treten noch weitere Männer und Frauen aus dem Gestein hervor. Dieses Mal sind es unzählige Menschen, denn es scheint kein Ende zu nehmen. Hunderte verschwinden vor Pierres Augen im Meer. Er legt den Pinsel beiseite und staunt wie ein Kind. Sein neugieriger und verwirrter Blick scheint niemanden zu stören. Diejenigen, die Notiz von ihm nehmen, lächeln ihm fröhlich zu. Einige von ihnen schweigen, andere unterhalten sich miteinander. Nach etwa einer Stunde kommen die letzten Menschen aus der Felswand und werden von peitschenden Wellen in die Tiefe des Meeres gezerrt. Erwartungsvoll blickt Pierre zu den verwilderten, rauen Felsen. Doch niemand erscheint. Auch das Meer scheint vollkommen verlassen zu sein. Fassungslos sitzt er vor seinem Bild am Strand. Wie ein Geistesblitz kommt ihm die Idee, diese seltsame Erscheinung zu malen. Er weiß zwar nicht wieso er das tun sollte, dennoch verspürt er einen starken Drang, diesen Einfall durchzuführen. Spontan entscheidet er, das Gemälde, woran er gerade arbeitet, noch diesen Abend zu beenden. Hastig nimmt er seinen Pinsel zur Hand und mischt erneut die Farben. Wie durch fremde Hilfe, kommt er erstaunlich schnell mit seinem Bild voran. Die letzten Pinselstriche zieht er vor Einbruch der Dunkelheit. Er packt alles zusammen und geht nach Hause. Im Gegensatz zu seinen Gewohnheiten, macht er sich diesen Abend nicht auf die Suche nach einem Liebesabenteuer, sondern kauft sich etwas zu Essen und geht früh Schlafen, damit er am nächsten Morgen in aller Frühe aufstehen kann.

Pierre wacht sehr zeitig auf und eilt nach einem hastigen Frühstück zur Küste. Der schläfrig wirkende Sandstrand ist einsam und verlassen. Hungrige Möwen kreisen über dem Meer. Eine von ihnen lässt sich gemütlich auf den Wellen treiben. Andere suchen Muscheln, Krebse und Würmer im Watt und am Strand. Pierre findet eine geeignete Stelle, an der er seine Staffelei aufstellt. Aus seinem Koffer holt er eine neue, blanke Leinwand und bereitet die Farben vor. Zunächst malt er den Sandstrand und die angrenzende Steilküste mit ihren ungezügelten, kantigen Kliffen. Ideen zur Umsetzung kommen ihm zu, wie göttliche Eingebungen. Er malt Menschen, die zur Hälfte aus den Felsen herausragen. Einer nach dem anderen und immer zu viert in einer Reihe (genau wie es sich zugetragen hat), erscheinen sie alle durch den Pinsel auf der Leinwand. Einige sehen traurig aus und schweigen. Andere wiederum lächeln und gestikulieren mit ihren Händen, um der Konversation Ausdruck zu verleihen. Vier von ihnen stehen bis zu den Knien im Wasser, alle weiteren sind bis zur Hüfte, bis zur Brust, oder bis zu den Augen von Wellen bedeckt. Wie durch ein Wunder ist das Bild fertig, bevor am Vormittag die meisten Menschen eintreffen. Pierre schaut sich das Bild ahnungslos an und wundert sich, warum er es überhaupt gemalt hat. Seufzend packt er seine Sachen und macht eine Pause.

Am Abend geht er wieder zu der Stelle, an der er die Erscheinungen beobachtet hat. Zwar hat er keinen Grund dort hinzugehen, dennoch zieht ihn dieser Ort magisch an, als hätte ihn eine unsichtbare Hand gepackt, die ihn leitet. Am Strand nimmt er einen zusammenklappbaren Hocker aus seinem Koffer und setzt sich. Da er keine Ahnung hat, was er dort machen soll, schaut er sich einfach nur das Wasser an. Langsam geht die Sonne unter und hinterlässt einen rötlichvioletten Himmel. Unerwartet wird es heller, denn ein grelles Licht, in Form eines Kreises, erscheint unter dem sonst dunklen Meer. Allmählich steigt es von den peitschenden Wellen zu den violetten Wolken hinauf. Zwischen Meer und Himmel strahlt nun eine ungewöhnliche Lichtsäule, in der glitzernde Partikel in Gold und Silber leuchten. Als wäre dieser Anblick noch nicht eigenartig genug, erheben sich nun sogar Menschen aus dem Meer. Gegen den Uhrzeigersinn tanzen sie auf dem hellen Wasser um die Lichtsäule herum. Als wollten sie plötzlich davon fliegen, heben die Tänzer ab und schweben in gewaltiger Höhe um die Säule. Nochmals erscheinen menschliche Gestalten aus dem Wasser. Jeder von ihnen spielt ein Instrument und tanzt im Uhrzeigersinn um die Lichtsäule. Einige tragen Flöten, Mandolinen, Zimbeln oder große Trommeln, auf denen sie, als perfekt abgestimmtes Ensemble, ein Lied spielen. Die tiefen Trommelschläge ertönen im Herzrhythmus. Pierre merkt, dass die gesamte Musik mit dem Rhythmus seines Körpers vollkommen übereinstimmt. Wie verzaubert stellt er sein Malzubehör zurecht, ergreift den Pinsel und verewigt das Geschehen auf seiner Leinwand. Deutlich spürt er, wie seine Hand von einer fremden Kraft geführt wird. Es ist nicht Pierre, der malt: Etwas anderes malt durch ihn, denn er ist nur das Werkzeug.

Mittlerweile sollte der Mond den Himmel aufhellen. Doch als würde die Zeit stillstehen, beleuchtet immer noch das rötliche Violett des Sonnenuntergangs die Umgebung. Einige Menschen tanzen schwebend, in enormer Höhe, um die seltsame Lichtsäule und singen. Andere tanzen auf dem Wasser und spielen tiefsinnige Melodien auf den Musikinstrumenten. Geschwind kommt Pierre mit seinem Bild voran und ehe er es begreifen kann, ist das Werk vollendet. Nach dem letzten Pinselstrich, sinken die Menschen langsam wieder in das dunkle, unruhige Meer hinab. Die Lichtsäule zieht sich vom Himmel zurück, verschwindet unter den Wellen und lässt tiefste Dunkelheit zurück. Nur noch der Mond und einige Sterne verleihen dem dunkelblauen Himmel ein wenig Glanz. Im Mondlicht packt Pierre seine Sachen zusammen und geht nach Hause. Nun hat er das Gefühl, nicht mehr er selbst zu sein. In seiner Wohnung angekommen, begutachtet Pierre das Bild. Er fragt sich, was es wohl für eine Bedeutung haben mag. Stöhnend legt er es schließlich weg.

Am nächsten Morgen fühlt sich Pierre außerordentlich desorientiert, als wäre er ein anderer Mensch. Ohne Malzubehör verlässt er seine Wohnung und folgt (wie in Trance) einem Impuls. Ahnungslos darüber, wohin er geht, befindet er sich nach etwa einer Stunde an einem kleinen Steinstrand. Neben ihm ragt eine gewaltige Steilküste in die Höhe. Schließlich entdeckt Pierre eine Grotte und geht hinein. Der höhlenähnliche Innenraum wird immer weiter, größer und heller, je tiefer er hinein schreitet. Schon bald sieht er eine ungewöhnlich große Menschenversammlung. Pierre versucht herauszufinden, was dort vor sich geht. Tausende scheinen geduldig auf etwas zu warten, doch niemand nimmt Pierre auch nur im Geringsten wahr. Sie sind so sehr mit sich selbst beschäftigt, dass er für sie unsichtbar zu sein scheint. Überrascht schreckt Pierre hoch, als aus heiterem Himmel eine Stimme hinter ihm ertönt.

»Diese Menschen können dich nicht sehen. Sie existieren zwar, aber sie leben nicht mehr. Sie sind zu sehr mit ihren eigenen Interessen und Problemen beschäftigt. Wenn sie hin und wieder doch etwas wahrnehmen, interpretieren sie es meist falsch. Ihre Sicht ist verzerrt, weil sie alles durch die Brille ihrer Vergangenheit und gesponnener Gedanken sehen. Außerdem nehmen sie nur das wahr, was sie wollen und wie sie es wollen. Der Wahrheit entspricht es jedoch nie.«

Während Pierre noch dieser Stimme zuhört, dreht er sich neugierig um. Er sieht einen alten Mann, mit langem Bart und weißen Haar mit ihm sprechen.

»Sind das die Menschen, die im Meer verschwunden sind?«, fragt Pierre ohne lange nachzudenken und deutet mit einer Kopfbewegung auf die Versammlung.

»Du wurdest Augenzeuge eines unbeschreiblichen Ereignisses. Was vom Meer verschlungen wurde, sind die Seelen dieser Menschen. Deshalb haben sie zu leben aufgehört und existieren nur noch«, erwidert der weißhaarige Mann eifrig. »Jedes Jahr, an einem Sonntag, kommen sie unbewusst in diese Grotte. Keiner von ihnen weiß, dass er hier ist. Alle sind fest überzeugt, zu Hause zu sein und zu schlafen. Sie nennen sich Realisten. Ihr Verstand würde sie niemals an diesen Ort führen. Doch ihre innere Sehnsucht nach

Leben hat sie hierher geleitet. Trotzdem finden die meisten Menschen ihre Seele nie wieder. Einige wachen hier jedoch plötzlich auf und gelangen somit wieder an ihr wahres Leben.«

»Voller Mitgefühl schaut sich Pierre die Menschen an.

»Sie scheinen doch wach und lebendig zu sein«, bemerkt er.

»Nein«, antwortet der alte Mann kopfschüttelnd. »Sie wandeln in einem Traum, den sie sich selbst geschaffen haben. Jeder von ihnen hat sich willentlich in eine Illusion aus Leid und Trauer verschanzt.«

»Habe auch ich aufgehört zu leben?«, erkundigt sich Pierre ängstlich.

»Nein! Du bist noch lebendig, denn du bist nicht unaufhörlich in unsinnige Gedanken vertieft und strebst nicht danach, jemand anderes zu sein als du bist. Außerdem bist du mit allem zufrieden, was du besitzt und dir liegt Glückseligkeit mehr am Herzen als Tragödien. Aus diesen Gründen ist deine Wahrnehmung nur sehr selten verzerrt. Und heute bist du hier, um Augenzuge zu sein. Du sollst sehen, wie viele Menschen täglich leiden. Mit deinen Gemälden hast du die Aufgabe, die Träumenden wachzurütteln, die zum Erwachen bestimmt sind. Alle, die ein Auge dafür haben, werden deine Botschaften erkennen und verstehen.«

»Die Lichtsäule mit den tanzenden Seelen; was sollte das bedeuten?«, fragt Pierre interessiert.

»Nun, das kannst nur du allein herausfinden«, erwidert der weißhaarige Mann lächelnd.

Enttäuscht blickt Pierre zu den anderen Menschen, die noch immer ihn ihre eigenen Angelegenheiten vertieft sind. Erwartungsvoll schaut er zum alten Mann zurück, um betrübt festzustellen, dass dieser bereits spurlos verschwunden ist. Pierre verlässt die Grotte und beobachtet das Meer. Seine Gedanken gelten den verlassenen Seelen, die jetzt offenbar im Meer ihren Frieden finden.

Gewissensbisse

Eingenommen von extremer Rage, pumpt das Herz zügig Blut durch den Körper. Biochemische Botenstoffe blitzen von einer Nervenzelle zur nächsten. Im ganzen Leib herrscht ein gewaltiger Druck. Die Muskeln sind angespannt und die Atmung beschleunigt sich. Die Wut steigt zu ihrem Höhepunkt. Eine Art schmerzbesessener Trieb nährt sich von der aufsteigenden Aggression und führt das Gehirn mit verzerrten Gedanken in den Wahnsinn. Dies wiederum gibt dem Zorn noch mehr Kraft, sich in alle Zellen auszubreiten. Die angespannten Muskeln erhalten nun den Befehl, sich mit einigen Schritten einer bedrohlichen Bestie zu nähern und sie beim Hals zu packen. Die Hände drücken immer fester zu. Getrübte Augen betrachten, wie sich das Scheusal vergeblich versucht zu wehren. Die Hände spüren, wie scharfe Fingernägel die Haut abkratzen und sich ins Fleisch bohren. Doch der Zorn unterdrückt jegliche Schmerzen. Die vernebelten Augen erfreuen sich an der Hilflosigkeit des Monsters, das um sein Leben kämpft. Der schmerzbesessene Trieb genießt es, dieses grauenhafte Wesen leiden zu sehen und beobachtet verzückt, wie das Leben aus dessen verängstigten Augen weicht. Die Hände lösen sich vom Hals und lassen die Bestie mit einem dumpfen Schlag zu Boden fallen. Das Herz rast, die dominante Wut pulsiert in den Adern. Die noch blinden Augen schauen den Körper an, der reglos auf dem Boden liegt. Ein Gefühl des Triumphes schießt durch den gesamten Leib und lässt den Zorn langsam verklingen. Das Gehirn produziert reinere Gedanken und der Mann, dessen Körper gerade noch von enormer Wut beherrscht wurde, kommt wieder zu sich. Die Sicht seiner Augen wird klarer. Verwirrt sieht der Mann nochmals auf den Boden. Eine blonde Frau liegt reglos vor seinen Füßen. In ihren toten Augen ist noch der Schreck ihrer Seele zu erkennen. Die Atmung des Mannes beschleunigt sich wieder und sein Körper zittert. Er sieht *seine* Frau tot auf dem Boden liegen. Was hat er nur getan? Und was macht er jetzt mit ihrer Leiche? Ist sie wirklich tot? Die Panik ergreift ihn.

Fassungslos geht er schließlich in die Garage. Mit spontanen Geistesblitzen plant er schleunigst die Beseitigung der Leiche. Er nimmt die Autoschlüssel seiner Frau, öffnet den Kofferraum, hebt einen Feuerlöscher hinein und bindet ein Seil daran fest. Er eilt wieder in das Haus, um die tote Frau zu holen. Nachdem er sie gepackt und über seine Schulter geworfen hat, trägt er sie geschwind in die Garage, legt sie zu dem Feuerlöscher und schließt den Kofferraum. Der Mann begibt sich in das Auto, bevor er per Fernsteuerung das Garagentor öffnet und hinausfährt. Draußen ist es stockdunkel. Alles ist starr; selbst Blätter und Äste sind reglos. Der Mann schließt das ferngesteuerte Tor und verlässt hastig die Einfahrt.

Nach langer Fahrt gelangt er an einen See. Er fährt direkt ans Ufer und lässt die Scheinwerfer an, sodass das Licht zum See hinüberstrahlt. Schließlich öffnet er den Kofferraum, um seine Frau hinauszuheben. Ebenso holt er den Feuerlöscher und befestigt das andere Ende des Seils an den Beinen der Leiche. Nun zieht er Schuhe, Hemd und Hose aus und legt diese ins Auto. Er packt den Feuerlöscher und geht damit in den See hinein. Seine Füße schmerzen bei jedem Schritt auf dem kantigen und steinigen Untergrund. Verbunden durch das kurze Seil, treibt die Leiche hinter ihm her. Aus Unbehagen drückt er den Feuerlöscher immer fester an sich. Hin und wieder überprüft er, ob ihm seine Frau im Wasser folgt. Als dem Mann das Wasser bis zum Mund reicht, wirft er den Ballast nach vorn, wodurch die Leiche im See verschwindet. Daraufhin taucht er hinab und tastet nach ihr. Das Seil führt ihn schließlich zum Feuerlöscher,

den er erneut packt und immer weiter in den See hin-
einzieht. Mehrmals muss er auftauchen, um nach Luft
zu schnappen. – Bei all der Mühe bedauert er es sehr,
kein Boot zu besitzen, womit er hinausrudern und seine
Frau an der tiefsten Stelle abwerfen kann. – Nachdem
er mit großer Anstrengung die Leiche tief in den See
gezerrt hat, taucht er auf und sucht nach dem Licht der
Autoscheinwerfer, das aus der Ferne, durch die nächt-
liche Dunkelheit schimmert. Eifrig schwimmt der Mann
darauf zu. Schlotternd vor Kälte, steigt er am Ufer aus
dem Wasser, zieht sich hastig die nasse Unterwäsche
aus und schlüpft in seine trockene Kleidung. Im Hand-
schubfach des Autos findet er eine Tüte, in die er seine
nasse Unterwäsche packt. Zuletzt schließt er den Kofferraum, setzt sich in den Wagen und fährt schleunigst
fort.

      Über eine Stunde später, gelangt der Mann in
eine kleine Stadt. Neben einer Telefonzelle stellt er das
Auto ab und wirft die Schlüssel ins Gebüsch. Damit die
Polizei seine Spuren später nicht über seine Handy-
rechnung ausfindig machen kann, ruft er von der Telefonzelle aus ein Taxi. Der Taxizentrale nennt er vor-
sichtshalber einen falschen Namen. Nach einiger Zeit
taucht auch schon das gelbe Fahrzeug in der Straße
auf, in der er sich gerade befindet. Er lässt sich in den
Wohnort seiner Frau fahren und zahlt Bar. Samt Plastiktüte (voll gepackt mit nasser Unterwäsche) läuft er zu
dem Haus seiner Frau, geht hinein und verwischt sämtliche Spuren. Er nimmt einige Unterlagen und seine
Unterwäsche mit, schaltet das Licht aus und verlässt
den Tatort. Langsam geht er zu seinem Auto und setzt
sich hinein. Die Tüte und die Unterlagen legt er auf den
Beifahrersitz. Nach einem letzten wehmütigen Blick auf
das Haus, fährt er weg.

      Erleichtert betritt er in seine Wohnung. Als
erstes setzt er sich in einen bequemen Sessel und
atmet auf. Doch sehr bald quälen ihn seine Gedanken.
Was hat er nur getan? Er hat doch tatsächlich während

41

der Scheidung seine Frau umgebracht. Gewiss wird ihn die Polizei als erstes verdächtigen! Ihm wird bewusst, dass er die Tat überwiegend aus Angst begangen hat. Es graute ihm davor, einen großen Teil seines Vermögens durch die Scheidung zu verlieren. Seine Frau drohte ihm nämlich, sein Leben zu ruinieren, wenn er ihr die Hälfte seines Besitzes nicht auszahle. Selbst das gemeinsame Haus hat sie vollkommen in Anspruch genommen, sodass er jetzt in einer kleinen Wohnung leben musste. Dafür wollte er sie leiden sehen. Sie sollte mehr Schmerz erfahren als sie ihm je zugefügt hat. Die wenigen Minuten, in denen er sie vor ihrem Tod hat leiden sehen, gaben ihm jedoch nur eine kurze Befriedigung. Da nun die Freude über ihre Qual erloschen ist, bedrohen ihn andere Ängste: Er fürchtet nun seine Freiheit zu verlieren. Sicherlich kommt er sehr bald ins Gefängnis, wo er dann zusammen mit Schwerverbrechern in einer Zelle sitzt. Bei dem Gedanken steigt Panik auf, denn er könnte dort von Kriminellen getötet werden. Ihm wird klar, dass der Mord, den er begangen hat, um sein Geld zu schützen, viele weitere Ängste ausgelöst hat. Die bedrohliche Existenzangst steigt kontinuierlich an. – Hat er im Grunde nur Angst vor dem Tod? Würde er denn sterben, sobald er alles verliert? – Quälende Gedanken rauben ihm nun den Schlaft. Die Überzeugung, dass sein Leben dem Ende naht, lässt seinen verkrampften Körper zittern.

Am nächsten Morgen erscheint er nicht bei der Arbeit. Die ganze Zeit über liegt er wach in seinem Bett und ist vor Angst regelrecht gelähmt. Er kann noch nicht einmal die Kraft aufbringen, seinen Chef anzurufen, um ihn zu benachrichtigen, dass er krank sei. Doch da er (seiner Ansicht nach) sowieso bald stirbt, kommt es darauf wohl auch nicht mehr an.

Viele Tage vergehen und das schlechte Gewissen nagt immer noch an dem Mann. Er isst nichts mehr, trinkt wenig und verbringt die meiste Zeit verkrampft in seinem Bett. Die Gewissheit, dass er mit sich selbst nicht mehr leben kann, wächst Stunde für Stunde.

Mittlerweile haben Hobby-Angler, die mit ihrem Boot unterwegs waren, die Leiche entdeckt. Denn als sich ein Angelhacken in der Kleidung der Toten verfangen hat, wurde sie an die Wasseroberfläche gezogen. Unter Schock verständigten die jungen Angler sofort die Polizei. Die Autopsie ergab, dass die Frau erdrosselt wurde. Schließlich konnte sie als Karina Wagner identifiziert werden.

Kurz nach diesem Befund steht nun die Polizei vor Peter Wagners Wohnung und klingelt. Herr Wagner liegt angewurzelt in seinem Bett und ist zu verängstigt und träge, um die Tür zu öffnen. Er ahnt, dass die Polizei ihn befragen möchte. Den unangenehmen Konsequenzen seiner Tat hofft er aus dem Weg gehen zu können. Die Polizisten hinterlassen ihm eine Nachricht in seinem Briefkasten: Er solle sich umgehend im Polizeirevier melden.

Einige Stunden später überkommt den Mann eine Furcht, die ihn zum Handeln zwingt. Er verlässt das Bett, nimmt zum ersten Mal seit Tagen eine Dusche und rasiert sich. Über das Internet kauft er sich ein Flugticket nach Spanien, das er sich am Schalter hinterlegen lässt. Geschwind packt er seinen Koffer und fährt mit dem Auto zum Flughafen. Gewissenlos stellt er dort sein Fahrzeug im Parkhaus ab. Mehrere Stunden wartet Peter auf seinen Flug nach Barcelona. In Spanien angekommen, eilt er zu einem Reisebüro, in dem er ein Flugticket nach Botswana kauft und für mehrere Wochen ein Hotelzimmer reserviert. In einer Bank hebt er mit seiner Kreditkarte sein gesamtes Vermögen vom deutschen Konto ab. Kurz vor der Abreise nach Afrika, lässt er sich am Flughafen noch schnell eine Malaria-Prophylaxe geben. Als Tourist reist er schließlich in Botswana ein. Am Sir Seretse Khama

Flughafen in Gaborone nimmt er ein Taxi, mit dem er sich zum preiswerten Cresta President Hotel fahren lässt. Übermüdet kommt Peter Wagner in seinem Hotelzimmer an, stellt seinen Koffer ab und setzt sich auf einen Stuhl. Er begreift nicht, wie er nur sein ganzes Leben wegwerfen konnte. Zwar hat er noch viel Geld und seine Freiheit, dennoch ist er arbeitslos. Verzweifelt stellt er sich bildlich vor, wie er in Afrika verhungert, sobald sein Geld aufgebraucht ist.

Mehrere Tage vergehen. Von Sorgen geplagt, verweilt Peter Wagner wieder reglos in seinem Bett. Der Gedanke an den Hotelzimmerpreis erdrückt ihn. Existenzängste nagen an seinem Körper und zerstören ihn. Er wird von Tag zu Tag schwächer. Jede einzelne Zelle seines verkümmerten Leibes leidet unter qualvollen Schmerzen. Als er sehnsüchtig in die Vergangenheit blickt, kommt ihm seine Frau in den Sinn. All die schönen gemeinsamen Momente scheinen ihm plötzlich überaus präsent zu sein, und dennoch sind sie zu weit entfernt, um sie nochmals erleben zu können. Damals wusste er sein Glück nicht zu schätzen. Die schönen Stunden hat er sich selbst vergiftet, denn seine Aufmerksamkeit galt nur kleinen, trivialen Problemen. Seine Gedanken kreisten unaufhörlich um Vergangenheit und Zukunft und für seine Frau war er niemals gegenwärtig. Mit dem Leid, das er sich selbst erschuf, machte er auch ihr das Leben zur Hölle. Sie fühlte sich derart ignoriert und missachtet, dass sie anfing ihren Frust mit Alkohol herunterzuspülen. Da sie dann meist betrunken war, beschimpfte sie ihn täglich und warf ihm vor, ein kalter Mensch zu sein. Er musste miterleben, wie seine einst glückliche Ehe zum Schlachtfeld wurde. Schließlich waren die Gefühle seiner Frau waren so stark verletzt, dass sie aus Rache jeden einzelnen Cent aus ihm herausquetschen wollte. Wie konnte es nur so weit kommen? Wieso war er nie in der Lage, seine Frau zu schätzen? Reumütig erinnert er sich an die Nacht, in der er sie umbrachte. Von Schuldgefühlen gepeinigt, setzt er sich an die Bettkante und weint. Wie konnte sich sein schönes Leben nur in so eine Tragödie verwandeln? Aus Frust versucht er sich einzureden, seine Frau hätte den Tod verdient. Doch sein schlechtes Gewissen lässt sich nicht überlisten. Verzweifelt reibt er mit den Handflächen über sein Gesicht und weint. Er sehnt sich nach den schönen gemeinsamen Stunden, die sie einst verbrachten. Warum scheint ihm gerade jetzt alles überaus präsent zu sein? Der Kummer über den Verlust seiner Frau ist einfach überwältigend. Schließlich sinkt er von der Bettkante auf den Boden, wo er nun zusammengekauert und weinend sitzt. Schmerzen strömen durch seinen Körper. Die Erinnerungen an schöne Zeiten zerfressen ihn regelrecht. Ohne es zu wollen, wird die Sehnsucht nach seiner Frau intensiver. Zitternd streckt er seine Hand aus und will die tollen Erlebnisse, die wie ein Film vor seinen Augen ablaufen, zu sich holen. Doch zu seinem Bedauern sind die mentalen Bilder nicht greifbar. Er schnappt wieder und wieder mit den Händen ins Leere. Aber die Vergangenheit ist fort. Er hat alles verloren.

Einen weiteren Tag verbringt Peter Wagner in qualvollem Leid. Bevor er stirbt, will er wenigstens einmal das Hotelzimmer verlassen. Die letzen Tage möchte er damit verbringen, Gesichter glücklicher Menschen zu betrachten. Geduscht, rasiert und ohne Geld verlässt er schließlich das Hotel. Neugierig erkundet er die Gegend, indem er die Hauptverkehrsstraße entlangläuft. Das Stadtzentrum ist mit Bäumen umsäumt. Aufmerksam betrachtet er die Bürogebäude und Geschäfte. Mehrere Straßenhändler bieten unter primitiven Ständen ihre Waren an. Zahlreiche Schuhe, Masken, Figuren, Stühle, Töpfe und Körbe beleben den Ort mit ihrer Einzigartigkeit und den wunderbaren Farben. Staunend bewundert der Mann die handgefertigten

Werke. Jede Maske und jeder Korb scheint mit großer Liebe zu jedem Detail angefertigt worden zu sein.

Schließlich möchte er sehen, wie die Einheimischen leben und verlässt deshalb das vertrauenswerte Stadtzentrum. Gleichgültig, läuft er immer weiter geradeaus. Seine Existenzangst scheint verschwunden zu sein und nun ist es ihm möglich, die Welt mit anderen Augen zu sehen. Gewöhnliche Gegenstände, wie alte Fahrräder, verrostete Konservenbüchsen oder Grashalme, nimmt er mit einem Mal wahr. In allem meint er seine Frau und die schönen gemeinsamen Stunden zu erkennen. Deshalb ist ihm seine längst vergangene Glückseligkeit so nahe und gleichzeitig so unerträglich fern. Als er nordwärts die Stadt durchquert, sieht er einige kranke und leidende Afrikaner. Er fragt sich, ob es auf dieser Welt überhaupt noch frohe Menschen gibt.

Nach einiger Zeit verlässt der Mann die Stadt und geht eine unebene, ungeteerte Straße entlang, die von Steppe und vereinzelten Bäumen umgeben ist. Die Mittagssonne brennt auf seiner Haut. Die Hitze treibt ihn so stark ins Schwitzen, dass er sehr bald von unerträglichem Durst geplagt wird. Sein körperlicher Zustand ist ihm jedoch egal, denn er ist der Meinung, er verdiene kein gesundes Leben. Schwindelig und benommen von der glühenden Wärme, gelangt er nach langer Wanderung an ein kleines Dorf. Einige afrikanische Einwohner, die an einem Brunnen Wasser schöpfen, sind durchaus überrascht, in dieser Gegend einen Europäer ohne Auto zu sehen. Peter Wagner möchte das Dorf näher erkunden. Die schlichten Häuser sind aus Stroh und anderen vor Ort gesammelten Materialien gebaut. Hauptsächlich sind es Frauen, die außerhalb der Hütten zu sehen sind.

Schließlich sieht er einigen Einheimischen beim Färben und Spinnen der Rohwolle zu. Interessiert beobachtet er eine Frau, wie sie aufmerksam ein kompliziertes Muster webt. In einem Ausstellungsraum bewundert er eindrucksvolle Wandbehänge, die anhand zahlreicher gewebter Bilder einen Einblick in das Stammesleben verschaffen.

Interessiert durchquert er das Dorf und sieht spielende Kinder herumrennen. Sie spielen mit einfachen Gegenständen, die sie auf der Straße gefunden haben. Ein Kind spielt mit einer alten durchlöcherten Gießkanne und andere spielen mit einem zerbrochenen Blumentopf. In den Augen dieser Kinder, gleichen kaputte Objekte wertvollen Schätzen, mit denen sie respektvoll umgehen. Einige von ihnen spielen Fangen. Endlich sieht Peter was er sehen wollte: Die Kinder haben fröhliche Gesichter und lachen aus tiefsten Herzen. Einige Minuten schaut er den wohl glücklichsten Geschöpfen der Welt zu. Schließlich bemerken sie den fremden Mann, halten inne und beobachten ihn neugierig. Er hingegen lächelt verlegen und schüchtern geht er den Weg zurück, von dem er gekommen ist. Die enorm zutraulichen Kinder rennen ihm hinterher und fordern ihn zum Spielen auf. Zurückhaltend und tollpatschig lässt er sich in ein Kinderspiel vertiefen. Mit ihrer ansteckenden Begeisterung und Lebensfreude erwecken sie den verzweifelten Mann wieder zum Leben.

Voller Herzensglück und einem zufriedenen Lächeln im Gesicht geht er den extrem langen Weg zurück zur Stadt. Während der anstrengenden Wanderung, denkt er darüber nach, wie schön es gewesen wäre, selbst Kinder gehabt zu haben. Eher als Erwachsene, wissen sie alles zu schätzen, was ihnen das Leben schenkt. Am liebsten würde er verhindern, dass diese unschuldigen, lebensfrohen Kinder irgendwann alles für selbstverständlich halten. Auf keinen Fall sollen sie sich als Erwachsene von Sorgen und Existenzängsten leiten lassen und den Drang verspüren, anderen das Leben ebenso schwer zu machen. Zu traurig wäre es, wenn sie aus Furcht ihr Leben Schritt für Schritt zerstören, wie er es tat. Er findet, alle Menschen sollten die Chance bekommen zu erwachen.

Denn niemand verdient Leid und alle sollten die Kunst erlernen können, sich von dem wahnsinnigen Trieb zu befreien, der ihnen selbst und anderen so viel Qual bereitet.

Entdeckungsreisen
(Die räumliche Gegenwart)

Voller Begeisterung nimmt Natascha an einer Museumsführung teil. Ein Angestellter führt die Touristengruppe durch unterirdische Gänge. Natascha ahnt, dass er ihnen gleich etwas sehr bedeutendes zeigen wird. Es ist etwas, das sie schon immer sehen wollte.

Der Wecker klingelt und Natascha wird aus dem Schlaf gerissen. Zu gern hätte sie gewusst, was in den unterirdischen Gängen des Museums zu sehen ist. Enttäuscht steht sie auf und geht wie gewöhnlich ihrem geregelten Alltag nach. Und wie jeder andere Tag in ihrem Leben, verläuft dieser ebenso ereignislos. Als Kassiererin arbeitet sie in einem Supermarkt und beobachtet immerzu, wie ungeduldig die Kunden sind. Denn diese kaufen unter Zeitdruck ein, sind schlecht gelaunt und drängeln. Die schlechte Laune findet Natascha extrem ansteckend. Trotzdem reißt sie sich zusammen, um höflich und ruhig zu bleiben. Schließlich fährt sie nach Ladenschluss mit dem Fahrrad nach Hause und vor dem Schlafengehen schaut sie sich ihre Lieblingssendung im Fernsehen an.

Natascha ist wieder im Museum. Räume und Hallen sehen sehr orientalisch aus und die gesamten Wände sind mit Gold verziert. Auch die extrem hohe Decke, mit ihren geschwungenen Kuppeln und Bögen, glänzt in purem Gold. Natascha befindet sich in einer Halle und geht neugierig auf eine goldene Tür zu. Diese ist mit vielen Juwelen beschmückt und mit verschnörkelten Konturen verziert. Sie versucht die Tür zu öffnen, doch leider ist diese verschlossen. Natascha verspürt dennoch einen gewaltigen Drang, den Raum zu betreten, der sich hinter der Tür verbirgt. Ein Mann in traditioneller Tracht und Turban kommt auf sie zu und redet mit ihr. Doch Natascha versteht die Sprache nicht. Sein Gesichtsausdruck ist sehr ernst und verärgert. Er scheint der Inhaber des Museums zu sein. Anhand seiner Körpersprache erkennt sie, dass sie hier wohl nicht erwünscht ist. Sie schaut sich um und überlegt wo sie hinrennen könnte. Sie sprintet den Gang entlang und bemerkt, dass der Inhaber sie verfolgt.

Durch den Wecker wacht Natascha auf. Erneut fragt sie sich, was sich in dem Museum befinden mag, das so sehenswert ist, um alles dafür zu riskieren. Später arbeitet sie wie gewöhnlich im Supermarkt. Wieder verbreiten die genervten Kunden eine unangenehme Hektik. Sie wünschte alle Menschen wären ausgeglichen und zufrieden. Doch die meisten rennen von einem Ziel zum nächsten, ohne jemals irgendwo richtig anzukommen. Natascha beobachtet dieses Phänomen an sich selbst allzu oft. Häufig ist sie so stark in Gedanken vertieft, dass sie alles, was um sie herum passiert, kaum wahrnimmt. Manchmal ist es sogar so schlimm, dass sie sich noch nicht einmal daran erinnert, was sie kurz zuvor gemacht hat. Dann kommt sie sich wie eine alte Frau vor, die nicht mehr weiß, ob sie ihre Schlüssel dabei hat, oder ob die Haustür richtig zugeschlossen ist. Welche Gedanken von ihr Besitz ergriffen haben, während sie die Wohnungstür zuschloss, weiß sie hinterher auch nicht mehr. Selbst wenn sie genüsslich mit ihrem Fahrrad nach Hause fährt, bemerkt sie die schöne Landschaft kaum. Selten ist sie gegenwärtig und genießt einfach an dem Ort zu sein, wo sie gerade ist und genau das zu tun, was sie gerade macht. Daher hat sie sich für den heutigen Tag vorgenommen, auf dem Heimweg absolut wachsam und präsent zu sein.

Freudig setzt sie sich schließlich auf ihr Fahrrad und nimmt einen Radweg entlang der Felder und des Waldes. Aufmerksam hört sie dem Rascheln der Blätter und dem Gesang diverser Vögel zu. Sie bewundert den majestätischen Anblick der Bäume. Die erfrischende Luft belebt Nataschas Körper mit reinem Sauerstoff und die wohltuende Sonne scheint auf ihr Gesicht. Sie spürt, wie schön es ist einfach *hier* zu sein.

Als sie in ihrer Wohnung ankommt, nimmt sie sich etwas Zeit, die Umgebung wahrzunehmen. Sie lauscht dem Ticken der Wanduhr und sieht, wie die Sonne durch das Fenster scheint und den Staub in der Luft glitzern lässt. Sie bewundert die Bilder, die an der Wand hängen, als hätte sie sie gerade erst gekauft und aufgehängt. Diverse Bücher verleihen dem sonst tristen Regal eine farbige Vielfalt und Eleganz.

Jeden Freitagabend, wie auch heute, geht Natascha zu ihrer Großmutter. Anne, ist ihre einzige Großmutter, die noch am Leben ist. Als Natascha nun bei ihr klingelt, öffnet sie erwartungsvoll die Tür. Anne freut sich so sehr über den Besuch ihrer Enkelin, dass ihre Augen vor Freude funkeln. Begeistert erzählt sie, was sich die letzten Tage bei ihr ereignet hat. Natascha hört ihr aufmerksam zu, denn sie will kein einziges Mal in Gedanken abzuschweifen oder darüber nachdenken, was sie selbst zu sagen hätte. Sie merkt, dass die alte, liebenswerte Dame nur gute Neuigkeiten hat. Als sich Natascha nun wachsam in der Gegenwart befindet, bemerkt sie einige Eigenschaften an ihrer Großmutter, welche sie noch nie zuvor wahrgenommen hat. Ein Glitzern hat sie in den Augen, wenn sie über erfreuliche Dinge spricht. In ihrem Inneren sprudelt es vor Kraft und Energie, trotz ihres hohen Alters. Sie scheint mit sich selbst und ihrem Leben überaus glücklich zu sein. Anne verfügt über sehr viel Wissen und über ein sehr ruhiges, gelassenes Wesen. Diese Weisheit und innere Ruhe hat Natascha an ihrer Großmutter noch nie bemerkt. Erstaunlicher Weise gleicht Anne einem tiefen, transparenten, ruhigen und dennoch lebendigen

See. Für einen Bruchteil der Sekunde kommt Natascha der wohl wahnsinnige Gedanke, diese alte, nette Frau hätte vielleicht Zugang zu etwas Höherem, das ihr Wissen und Frieden verleiht. Schließlich ertappt sie sich in ihrer Unaufmerksamkeit, gesinnt sich geschwind zum Gespräch zurück und schenkt Anne ihre vollste Aufmerksamkeit.

Nach dem Besuch bei ihrer Großmutter, fühlt sich Natascha überaus lebendig. Sie kann das Leben in ihrem Körper förmlich spüren. In einem Sessel versunken, lässt sie den erlebten Tag auf sich wirken.

Der Wüstensand ist in einem einzigartigen Rot getönt. Stachelkopfgras, seltene grüne Büsche und Eukalyptus Bäume bewegen sich im Wind. Ein gelbes karoförmiges Hinweisschild, mit einem aufgedruckten Känguru, befindet sich an der Weggabelung. Natascha geht einen schmalen Pfad zwischen den gelblichen Gräsern entlang. Es ist sehr warm und still. Einerseits ist ihr die Gegend völlig fremd und dennoch kommt ihr alles sehr vertraut vor. Obwohl sie allein ist, fühlt sie sich nicht einsam. Sie ahnt, dass jeden Augenblick ein Freund aufkreuzen wird, der sie erwartet. Nach wenigen Sekunden erscheint ein junger, blonder Mann mit schmalem Gesicht. Seltsamerweise kämpft er sich zwischen den Dornbüschen hindurch und grüßt Natascha, als würde er sie seit vielen Jahren kennen. Ohne zu wissen wer er ist, überkommt sie das Gefühl ihn zu kennen und der Name ‚Sam' kommt ihr in den Sinn. Der junge Mann nimmt ihre Hand und führt sie durch die Savanne.

Der Wecker klingelt zur gewünschten Uhrzeit. Natascha ist vom Schlaf noch völlig betäubt. Außerdem ärgert sie sich darüber, dass der Wecker immer genau dann klingelt, wenn es spannend wird. Der junge Mann wollte sie nämlich gerade irgendwo hinführen. Träge quält sie sich aus dem Bett. Samstagvormittags geht sie gewöhnlich einkaufen und nachmittags muss sie bis zum Ladenschluss im Supermarkt arbeiten. Auch heute versucht sie möglichst oft in der Gegenwart zu sein und ihre kreisenden Gedanken abzuschalten.

Nach dem Abendessen schaltet Natascha wie gewöhnlich den Fernseher ein. Als das Fernsehbild klar und deutlich wird, sieht sie, dass auf diesem Programm gerade eine Dokumentation über Australien läuft, die sie sich für einige Minuten anschaut. Mit Entsetzen stellt sie fest, dass gerade der Ort gezeigt wird, von dem sie eine Nacht zuvor geträumt hat. An haargenau derselben Stelle befand sie sich, als ihr Sam entgegenkam. Beunruhigt sieht sie sich die Dokumentation bis zum Schluss an. Doch keiner der anderen Orte kommt ihr bekannt vor. Sie war noch nie in Australien und hat sich auch noch nie für dieses Land interessiert. Ist es denn möglich im Schlaf in andere Länder zu reisen?

Am nächsten Tag trifft sie sich mit ihrer besten Freundin und erzählt dieser von ihrem Traum und der Dokumentation über Australien. Ihre Freundin, Melanie, ist Künstlerin und berichtet aufgeregt, sie habe vor einigen Monaten ein seltsames Bild gemalt, ohne zu wissen, was es darstellen soll.

»Das Gemälde gefiel mir nicht und es war auch nicht mein Stil«, erzählt Melanie eifrig. »Meinem Freund Alex gefiel es jedoch sehr. Er war überzeugt davon, dass es eine Landschaft wiedergeben würde. Einige Tage später besuchten wir Bekannte in Florida. Mein Freund war besessen davon, das seltsame Bild mitzunehmen und es den Bekannten zu zeigen. Doch selbst die konnten nichts Eindeutiges darin erkennen. Und dann wollte ich, während unserem kurzen Aufenthalt in Amerika, unbedingt einen Indianer in der Wildnis und in traditioneller Bekleidung malen. Unsere Bekannten fuhren uns deshalb zu einem Indianerreservat. Dort stellte sich ein Eingeborener hilfsbereit für ein Portrait zur Verfügung. Auch dem Seminole Indianer zeigte

Alex das seltsame Gemälde, um dann herauszufinden, dass dieser es sofort erkannte. Der Indianer erklärte, dass es ein Luftbild sei, denn von einem Flugzeug aus, könne man dieselbe Landschaft erkennen. Dann deutete er auf das Bild und zeigte uns das Sumpfgebiet der Everglades, die Nationalparks und das Indianerreservat. Schließlich erzählte ich ihm, ich hätte dieses Bild eines Morgens gemalt, ohne je zuvor in Amerika gewesen zu sein. Nur Alex sei vor vielen Jahren durch einen Schüleraustausch in Florida gewesen. Ohne lange zu zögern, antwortete der Eingeborene, dass ich wohl von dieser Landschaft geträumt haben könnte. Dem Anschein nach, hat auch er die Erfahrung gemacht, von Orten zu träumen, an denen er noch nie war.«

Natascha bekommt Gänsehaut, so überwältigt ist sie von dieser Geschichte.

»Im Traum kann man also tatsächlich zu anderen Orten reisen«, bemerkt sie.

»Ja, Buddhisten versuchen sogar während dem Schlaf ihr Bewusstsein zu steuern, um möglichst oft solche Erfahrungen machen zu können.«

Nach einem langen, interessanten Gespräch mit Melanie, kehrt Natascha in ihre Wohnung zurück. Sie ist überglücklich eine Freundin zu haben, die ähnliche Erfahrungen gemacht hat. Trotzdem setzt sie sich nun nachdenklich auf die Couch. Das eigenartige, orientalische Museum kommt ihr in den Sinn. Sie fragt sich, ob es tatsächlich existiert und ob es in Indien zu finden sei. Allzu gern möchte sie wissen, was sich in den unterirdischen Gängen des Museums befindet. Sehr schwach kann sie sich auch noch an weitere Träume erinnern, in denen sie an fremden Orten nach etwas Einzigartigem Ausschau hielt. Sie bedauert es im (wachen Zustand) niemals zu wissen, wonach sie im Schlaf suchte.

Der Junge, der nicht sprechen wollte

Vor ungefähr zwei Jahren schockierte ein grausamer Vorfall die Nachbarschaft. An jenem schrecklichen Abend drang ein maskierter Mann über den Balkon in eine Wohnung ein. Er ging in das Schlafzimmer, in dem sich eine blonde Frau befand. Er zog ein Messer und stach mehrmals auf die wehrlose Frau ein. Tobias hörte seine Mutter schreien und schaute ängstlich vom Flur aus in das Schlafzimmer seiner Eltern. Er sah, wie dieser maskierte Mann das blutbeschmierte Messer wieder und wieder in den leblosen und blutübersäten Körper seiner Mutter stieß. Lautlos entfernte sich Tobias von der offenen Schlafzimmertür und versteckte sich zitternd unter seinem Bett. Glücklicherweise bemerkte der brutale Mann Tobias nicht und kam deshalb nie in die Nähe des Kinderzimmers. Nachdem er die schöne Frau mit Messerstichen übersät und seine Wut abreagiert hat, verließ er prompt die Wohnung über den Balkon. Tobias Vater, Walter, kam spät von einem Geschäftsessen nach Hause, wo ihn ein grauenhafter Anblick erwartete. Mit großem Entsetzen fand er seine Frau reglos auf dem Bett liegen. Ihr langes seidenes Nachthemd war in Blut getränkt. Die Blutlache, neben ihr, bedeckte beinahe die gesamte beigefarbige Satindecke. An den Wänden, auf den Kissen, auf der Bettdecke und auf dem hellen Teppich waren Blutspritzer. Fassungslos und ängstlich ging er auf das Bett zu. Als er die unzähligen Einstichwunden sah, ergriff ihn endgültig die Panik. Er zitterte am ganzen Leib und spürte geradezu den kalten Schweiß seine Stirn und den Rücken hinunterlaufen. Unter Schock rannte er zum Telefon und wählte den Notruf. Mit zitternder Stimme teilte er der Notrufzentrale mit, dass seine Frau niedergemetzelt auf dem Bett läge. Beruhigend fragte ihn die Frau, am anderen Ende der

Leitung, nach seinem Namen und Anschrift. Da Walter nicht mehr klar denken konnte, gab er ihr stammelnd die gewünschten Informationen.

»Beruhigen Sie sich! Ich schicke einen Krankenwagen und die Polizei zu Ihnen«, versicherte ihm die Frau.

Ohne etwas zu antworten, legte Walter auf. Vor Angst schlotternd und schweißgebadet ging er ins Kinderzimmer. Innerlich bereitete er sich auf einen weiteren entsetzlichen Anblick vor. Er schaltete das Licht an. Doch das Kinderzimmer schien verlassen zu sein. Auf der Suche nach seinem Sohn, sah Walter verzweifelt im Kleiderschrank nach. Nachdem er Tobias dort nicht fand, warf er einen Blick unter das Bett. Erleichtert fand er seinen Sohn lebend vor. Dieser saß zitternd und zusammengekauert mit einem Plüschtier im Schatten des Bettes. Er packte seinen verängstigten Sohn am Arm und zog ihn behutsam hervor. Dankbar über die Verschonung seines Sohnes, umarmte er ihn fest. Aus Angst der Täter könne sich noch in der Wohnung aufhalten, schloss er sich mit seinem Sohn im Kinderzimmer ein und wartete auf die Polizei.

Es stellte sich heraus, dass Tobias Mutter bereits zwei Stunden vor dem Eintreffen des Krankenwagens starb. Für Walter war es der schlimmste Tag seines Lebens. Tobias hat das, was er sah, nicht verarbeiten können, denn seit diesem grausamen Ereignis hat er kein einziges Wort mehr gesprochen. Zahlreiche Therapien waren erfolglos. Da Tobias weniger as und trank als zuvor, machte sich sein Arzt große Sorgen um seinen gesundheitlichen Zustand.

Nun ist Tobias sechs Jahre alt und geht auf eine Sonderschule. In seiner Verfassung ist er weder bereit etwas zu lernen, noch seine Hausaufgaben zu machen. Die Nachmittage verbringt Tobias oft vor dem Fernseher. Freunde hat er keine und er will sich auch nicht mit jemandem befreunden. Die meiste Zeit geht er seinen Mitschülern aus dem Weg. Walter ist ratlos und weiß nicht, wie er seinem Sohn helfen könnte. Er behandelt ihn so liebevoll, wie es ihm nur möglich ist und kümmert sich aufmerksam um ihn, sobald er von der Arbeit heimkommt. Ein Kindermädchen, namens Birgit, holt Tobias jeden Tag von der Schule ab, kocht für ihn und versucht ihn zu motivieren, seine Schulaufgaben zu machen. Doch obwohl Birgit sehr geduldig, verständnisvoll und fürsorglich ist, tragen ihre Anstrengungen keine Früchte. Tobias weigert sich auch nur einen Blick in die Schulbücher zu riskieren. Außerdem isst der kleine Junge viel zu wenig. Am Esstisch starrt er ununterbrochen ins Leere, als wäre das Kindermädchen nicht anwesend. Die Tatsache, dass Tobias noch in der Wohnung wohnt, in der seine Mutter gestorben ist, scheint ein weiteres Hindernis für seine Genesung zu sein. Häufig fragt Birgit seinen Vater, warum er nicht in eine andere Wohnung ziehe. Sie ist der Meinung, die Wohnung sei mit zu vielen quälenden Erinnerungen versehen und würde Tobias nur schaden. Jedes Mal antwortet Walter stöhnend, er habe sehr viel Arbeit in diese Wohnung gesteckt und noch keine andere, geeignete Behausung gefunden. Danach wechselt er schlagartig das Thema oder verschwindet im Wohnzimmer hinter einer Zeitung. Birgit kann nicht verstehen, wie jemand an einer Wohnung festhalten kann, die an solch schreckliche Dinge erinnert. Gelegentlich überhört Tobias diese Gespräche und hofft sein Vater würde endlich eine neue Bleibe für sie finden. Leider ist er nicht in der Lage, Birgit oder seinem Vater seinen Standpunkt mitzuteilen.

Wenn Birgit in der Küche beschäftigt ist, schleicht sich Tobias hin und wieder durch die Haustür, rennt die Treppe hinunter und die Straße entlang, bis er schließlich im Wald ankommt. Der kleine Junge empfindet keine Angst davor, allein dort hinzugehen. Er kann sich zwar nicht mehr an den Mord seiner Mutter erinnern (da er es verdrängt hat), dennoch bleibt ihm das Wissen, dass er an keinem Ort sicher ist; noch nicht einmal in seinem behüteten Zuhause. Viel zu früh musste er erkennen, dass die so genannte Sicherheit, an die sich viele Menschen klammern, absolut vergänglich ist.

Allzu gern sitzt Tobias auf gefällten Baumstämmen, sieht den Insekten bei ihrer Arbeit zu oder beobachtet, wie sich Blätter raschelnd im Wind hin und her bewegen. Bäume betrachtet er als seine besten und einzigen Freunde. Oft berührt er die gewaltigen Baumstämme mit den Handflächen und versucht herauszufinden, was sie fühlen und denken. Er ist überzeugt, ihre Gedanken lesen zu können. Einigen Bäumen meint er anzusehen, dass sie glücklich sind und über viel Wissen verfügen. Andere scheinen eine schwere Last zu tragen oder ein Geheimnis zu verbergen. Spielerisch hat er es sich zur Aufgabe gemacht, herauszufinden, was sie ihm sagen wollen. Der Wald ist der einzige Ort der Welt, an dem er sich relativ sicher und behütet fühlt.

Nun sitzt er (wie oft zuvor) auf einem Baumstumpf und beobachtet, wie sich Lichtstrahlen zwischen raschelnden Blättern hindurchbahnen. An diesem warmen Nachmittag, ist die Luft ziemlich feucht und frisch. Plötzlich setzt eine ungewöhnliche Ruhe ein. Der Wind hört auf zu wehen und das Zwitschern der Vögel verstummt. Die unangenehme Stille wird durch ein Räuspern gebrochen. Tobias schreckt auf und schaut sich um. Keine Menschenseele ist weit und breit zu sehen. Eine Männerstimme ertönt.

»Nun, diese Spechte sind doch als Untermieter eine Last!«

»Hör' doch mal mit dem Gejammer auf!«, antwortet eine tiefere Stimme aus einer anderen Richtung.

»Das Picken ist sehr schmerzhaft. Aber ich habe mit ihnen ein Abkommen getroffen: Sie befreien mich von schädlichen Parasiten und dürfen deshalb in mir hausen.«

Schließlich bemerkt Tobias gesichtsähnliche Züge an einem der Bäume. Die Form von Baumstamm und Rinde weist Rundungen und Einkerbungen auf, die an eine Nase, Augen und einen Mund erinnern. Doch darüber hinaus, beobachtet der Junge mit großem Erstaunen, dass sich dieser Mund sogar bewegt.

»Das Leben kann sehr hart sein, Konrad«, entgegnet eine tiefe Stimme. »Entweder hat man Parasiten, oder Spechte. Entweder reißt einen der Sturm nieder, oder man verbrennt bei einem Waldbrand. Es ist doch vollkommen egal, was passiert. Wir erfüllen einfach unsere Aufgabe, solange es dem gesamten Plan der Schöpfung entspricht. Und wenn unsere Zeit abgelaufen ist, kehren wir dahin zurück, woher wir gekommen sind. Alles andere ist nicht erwähnenswert.«

Tobias schaut in die Richtung, von der die tiefe Stimme zu kommen scheint. Auch dort sieht er einen Baum mit dicker Nase, hölzernen Lippen (die sich bewegen) und Augen, die vor Glück leuchten.

»Das ist wohl wahr, alter Peter«, antwortet Konrad der Baum. »Es ist schön Freunde zu haben, die mich aufmuntern. Ich wollte nicht als einsamer Baum mitten in einem Feld leben. Sträucher und Gräser sind nämlich nicht sehr gesprächig.«

»Wieso wertest du andere Lebewesen ab? Auch Gräser haben ihre Aufgabe und Stärke«, belehrt ihn der alte Peter.

Eine eisige Stille tritt ein, bis ein dritter Baum die Augen öffnet und eine Frauenstimme das unangenehme Schweigen bricht.

»Ach, das ist ja schön! Wir philosophieren heute wieder. Worüber reden wir denn?«

»Wir könnten über das kleine Menschenkind in der grünen Jacke sprechen, das dort auf dem toten Karl sitzt«, schlägt der alte Peter vor.

59

Die Augen sämtlicher Bäume öffnen sich und schauen Tobias neugierig an. Der schüchterne Junge, der nicht gern im Rampenlicht steht, schaut beunruhigt und ängstlich um sich. Er ist geradezu umzingelt von wissbegierigen Blicken.

»Ach, schaut nur! Jetzt wird der Kleine ganz nervös. Keine Angst, Kleiner! Wir tun Dir nichts«, sagt die Frauenstimme im beruhigenden Tonfall.

»Was macht so ein kleiner Junge wie du allein im Wald?«, fragt Konrad der Baum.

Tobias antwortet nicht.

»Hast du dich verlaufen?«, erkundigt sich der alte Peter.

Der Junge schüttelt den Kopf.

»Bist du von zuhause weggelaufen?«, will ein anderer Baum wissen.

Als Tobias nickt, herrscht wiederum eine gewaltige Stille.

»Fühlst du dich bei uns sicher?«, fragt die Frauenstimme besorgt.

Der kleine Junge nickt eifrig.

»Da haben wir es!«, entgegnet Konrad der Baum. »Ich weiß, ich darf keine Lebewesen abwerten. Doch diese Menschen, die sind doch wahnsinnig! Bestimmt wurde dieses kleine Kerlchen von einem brutalen Despoten verprügelt!«

»Wirst du daheim geschlagen?«, versucht die Frauenstimme herauszufinden.

Tobias schüttelt den Kopf. Unüberzeugt runzelt Konrad der Baum die Stirn und mustert den Jungen.

»Seltsam diese Menschen! Je mehr sie sich von der Natur entfernen, desto wahnsinniger werden sie.«

»Ach, die waren doch schon immer Geistesgestört«, dementiert der alte Peter. »Sie können gar nicht anders. Unerträgliche Mengen an Schmerz wurden durch Gene über unendlich viele Generationen übertragen. Bei all dem Leid, das die Menschen innerhalb tausenden von Jahren angesammelt haben, trägt jeder Mensch eine große Last mit sich. Und dieser Ballast scheint auch noch ein Eigenleben zu haben, denn es will sich unbedingt mit weiterem Schmerz vergrößern. Mit Vorliebe sieht es andere Lebewesen leiden und übt Gewalt aus, damit es vom einem rachesüchtigen Opfer wiederum noch mehr Qual erfährt und somit wachsen kann. Deswegen gibt es so viele Gräueltaten unter Menschen.«

»Das ist wahr!«, stimmt ihm die Frauenstimme zu. »Wenigstens kann uns dieser Junge hören und sehen. Das können die anderen Menschen nämlich nicht.«

»Ja, Evelyn«, antwortet Konrad der Baum. »Doch er kann nicht sprechen.«

Alle Bäume sehen Tobias besorgt an.

»Warum sprichst du nicht, Kleiner?«, versucht der alte Peter zu erfahren.

Tobias schweigt und traurig senkt er seinen Blick.

»Warum sollte er auch reden?«, argumentiert Evelyn. »Menschen können ohnehin nicht zuhören. Wenn jemand spricht, hören sie lieber ihrer eigenen Stimme im Kopf zu.«

»Ja, Sprechen ist bei Menschen pure Energieverschwendung«, seufzt Konrad der Baum.

Nachdenklich hebt der alte Peter eine Augenbraue.

»Sie sind nun mal mehr daran interessiert, wie andere Mitmenschen sie sehen. Ein Mensch glaubt, er habe nur dann einen Wert, wenn er bei anderen beliebt sei. Das kommt daher, dass sie weder ihre eigene Natur, noch die ihrer Mitmenschen erkennen können.«

»Das ist ja traurig! Warum ist das so, alter Peter?«, fragt Evelyn.

»Nun, ich vermute ihr Ego hält sie davon ab, ihr wahres Wesen zu erkennen. Da sie von dem zeitlosen und unvergänglichen Leben, das in ihnen ist, nichts wissen, müssen sie sich andauernd von anderen bestätigt fühlen. Die Anerkennung, die sie suchen, können sie natürlich nicht bekommen, da die anderen einzig und allein um ihre eigene Beliebtheit kämpfen. Ein Mensch strebt ständig danach, jemand zu sein, der er nicht ist und weiß gar nicht, dass er schon jemand besonderes ist. Doch je mehr er darum ringt, anerkannt zu werden, desto mehr wird sein wahres Wesen verschleiert. Schritt für Schritt welken die Menschen dahin. Viele von ihnen landen deswegen sogar in Heilanstalten.«

»Das ganze ist mir ein wenig zu hoch!«, stöhnt Konrad der Baum. »Wie kann ein Lebewesen nicht wissen, dass es lebt. Menschen sind sehr unlogische und verwirrte Geschöpfe. Sie laufen, sie atmen, sie sprechen und wissen nicht einmal, dass sie leben.«

»Vielleicht reicht es ihnen nicht aus, einfach glücklich zu leben«, philosophiert Evelyn.

»Sie wollen eben etwas Besonderes sein«, antwortet der alte Peter.

»Doch etwas Höheres und Außergewöhnlicheres als die wahre Natur des Lebens, gibt es doch gar nicht!«, erwidert Konrad der Baum. »Selbst der tote Karl lebt noch. In einer anderen Form ist er quicklebendig zur Schöpfung zurückgekehrt und macht Freudensprünge, weil ihn dort keine Spechte, Würmer und Termiten mehr plagen können. Damit geht er der Schöpfung sicherlich bald auf den Geist!«

»Wusstet ihr, dass die Menschen nur einen kleinen Teil ihres ohnehin kleinen Gehirns benutzen?«, lacht Evelyn.

Ein lautes, hallendes Gelächter bricht aus.

»Deswegen, hören viele von ihnen auch nicht auf, nach Wissen zu streben. Sie können wohl ihre Dummheit nicht mehr ertragen. Doch solange sie in ihrem Menschenkörper gefangen sind, können sie sowieso nicht viel Wissen erlangen«, witzelt Konrad der Baum.

»Wenn sie jedoch lernen könnten, ihr wahres Wesen zu erkennen, kommt ihnen mit Sicherheit höheres Wissen zu«, grübelt der Alte Peter.

»Was soll's«, schnauft Konrad. »Die Frage ist, warum kommt dieser Junge so oft in den Wald und kann nicht sprechen.«

»Vielleicht kann er Menschen nicht länger ertragen«, gähnt ein anderer Baum.

»Wie können wir den kleinen Burschen wieder zum Sprechen bringen?«, fragt Konrad seine Gefährten um Rat.

Nachdenklich schauen diese Tobias an.

»Möglicherweise ist sein Schmerz zu stark und er kann ihn einfach nicht mehr ertragen«, bemerkt der alte Peter.

»Mein Junge, empfindest du gerade schmerzhafte Gefühle, wie Trauer und Wut?«, erkundigt sich Evelyn mütterlich.

Tobias nickt, während sich seine Augen mit Tränen füllen.

»Aha!«, bemerkt der alte Peter. »Pass auf, Kleiner! Beobachte diese Gefühle mit großer Aufmerksamkeit. Schau' dir das, was du jetzt im Augenblick fühlst, ganz genau an. Doch, sieh dir den Schmerz nicht mit Ablehnung oder Widerwillen an. Akzeptiere und begrüße die Empfindungen, die in dir toben. Denkst du, du schaffst das?«

Tobias erwidert mit einer Kombination aus Schulternzucken und Kopfnicken, bevor er schließlich seine Augen schließt und sich vollkommen auf seine Trauer konzentriert. Schon nach wenigen Minuten lächelt er, worauf er die Bäume dankbar anschaut.

»Du sag' mal, alter Peter, denkst du, sein Schmerz hat sich aufgelöst?«, will Konrad der Baum unbedingt wissen.

»Es sieht jedenfalls so aus!«

»Meine…meine Mutter ist im Himmel. Warum ist sie nicht mehr bei mir?«, fragt Tobias mit einer zarten schüchternen Stimme.

Sämtliche Bäume schrecken auf und sehen den kleinen Jungen überrascht an.

»Hey, der kann ja sprechen«, ruft Konrad mit kräftiger Stimme.

»Ach, der Arme hat seine Mutter verloren«, sagt Evelyn besorgt.

»Deine Mutter ist nicht von dir fort gegangen. Sie ist noch bei dir. Selbst wenn du dich einsam fühlst, so musst du wissen, dass du nicht allein bist. Ihr Menschen denkt, alles sei von einander getrennt. Doch in Wahrheit ist alles miteinander verbunden«, erklärt der alte Peter fürsorglich.

»Das versteh' ich nicht.«, antwortet Tobias verzweifelt. »Ihr habt vorhin von Schöpfung geredet. Was ist das?«

»Nun, selbst wenn du etwas nicht siehst, heißt dies noch lange nicht, dass es nicht da ist«, lehrt ihn der alte Peter.

»Bakterien kannst du auch nicht sehen und dennoch sind sie überall um dich herum!«, fügt Evelyn hinzu.

»Die Schöpfung ist das, was ihr Gott nennt«, fährt der alte Peter fort. »Alle Lebewesen sind mit Gott verbunden, selbst diejenigen, die sich verlassen fühlen. Wenn du lange genug in dein Herz siehst und dein wahres, zeitloses Wesen erkennst, wirst du merken, dass du mit Gott und somit auch mit deiner Mutter verbunden bist. Auf diese Weise ist dir deine verstorbene Mutter noch präsenter, als sie es zu ihren Lebzeiten gewesen wäre.«

»Das versteh' ich nicht. Wie seh' ich mein wahres Wesen?«, weint Tobias in seiner Hilflosigkeit.

»Das ist ganz einfach. Schließe deine Augen und atme mehrmals tief ein und aus. Für den Anfang beobachtest du einfach nur, dass du einatmest und ausatmest. Danach solltest du versuchen, deinen Kopf von sämtlichen Gedanken zu befreien. Versuche dein Gehirn davon abzuhalten, sich ständig mit Vergangenheit und Zukunft zu beschäftigen. Dabei musst du sehr wachsam sein, um nicht durch Faulheit deinen Kopf völlig auszuschalten. Wenn du das geschafft hast, solltest du eine Art dunklen, leeren Raum sehen. Doch wenn du dich daran gewöhnst, wirst du ein Leuchten bemerken. Dann beginnst du den natürlichen Zustand deines Geistes zu erkennen. Zur gleichen Zeit verspürst du pure Glückseligkeit. Obwohl dich dieses Gefühl überwältigen wird, solltest du dennoch versuchen, länger in diesem Zustand zu verweilen. Und wenn du das Leben in dir spürst, erkennst du dein wahres Wesen.«

Voller Konzentration und Disziplin kehrt Tobias in sich. Es ist still, nur das Rascheln der Blätter und der Gesang weniger Vögel schwingt in der Luft. In der Ferne ist sogar das leichte Rauschen eines Baches zu hören. Mit Begeisterung warten alle Bäume das Ergebnis ab. Nach einiger Zeit formen sich Tobias Lippen zu einem Lächeln, wobei seine Augen geschlossen bleiben. Die überwältigenden Gefühle, die Tobias gerade empfindet, können ihm die Bäume geradezu vom Gesicht ablesen. Schließlich öffnet der Junge seine Augen, worauf große Krokodilstränen sein mageres Gesicht herunter kullern.

»Ich hab' ein Licht gesehen!«, ruft Tobias freudig. »Und dann hab' ich meine Mutter gespürt. Sie war hier!«

Freudig und zufrieden lächeln ihm die Bäume zu.

»Deine Mutter ist immer noch bei dir, Kleiner«, sichert ihm Evelyn behutsam zu. »Doch nun wird es Zeit für dich zu gehen. Der Abend bricht an. Bald wird es hier sehr kalt und dunkel sein.«

Weinend und gleichzeitig lachend, bedankt sich Tobias bei den Bäumen und fröhlich hüpft er von dannen.

»Na, wenigstens gibt es hin und wieder intelligente Menschen«, bemerkt Konrad frech.

Die anderen Bäume schmunzeln, auch sie haben Tränen in den Augen.

Tobias klingelt an der Haustür. Mit einem breiten Lächeln platzt er in die Wohnung hinein, als ihm Birgit die Tür öffnet. Das Kindermädchen will ihn gerade für sein Verschwinden zurechtweisen, als Tobias Lachen sie vor Schreck verstummen lässt. Sein besorgter Vater erscheint im Flur und beobachtet, zu seiner Überraschung, wie sein Sohn überglücklich ins Wohnzimmer hüpft.

»Wir haben uns große Sorgen um dich gemacht!«, teilt ihm sein Vater vorwurfsvoll mit.

Freudig erwidert Tobias, er habe die Gegenwart seiner Mutter gespürt und es ginge ihr gut, wo sie jetzt sei. Sein Vater und das Kindermädchen sehen ihn fassungslos an. Das, was sein Sohn soeben gesagt hat, klang zwar verrückt, dennoch ist Walter froh darüber, ihn lachen zu sehen und ihn reden zu hören.

»Tobias, du…du redest wieder!«, stammelt Walter erfreut.

»Papa, können wir bald in eine andere Wohnung ziehen?«, fragt Tobias sehnsüchtig. »Aber bitte in die Nähe vom Wald, ja? Bitte, bitte!«

Sein Vater lächelt.

»Ja, mein Schatz. Für dich tue ich alles, was dich glücklich macht.«

Für lange Zeit umarmt Walter seinen Sohn. Seine Augen füllen sich mit Tränen, die nach und nach sein hageres, von Sorgen geprägtes Gesicht hinunter laufen.

Die Macht des Lebens

Heute ist wirklich kein guter Tag für Sarah: Schon beim Aufwachen fühlte sie sich nicht wohl und nichts klappt wie es sollte. Auf dem Weg zur Arbeit hat sie die Straßenbahn verpasst. Blöderweise ist sie auf öffentliche Verkehrsmittel angewiesen, da es zu wenig Parkplätze in der Frankfurter Innenstadt gibt. Um alles noch schlimmer zu machen, kam die nächste Straßenbahn auch noch fünf Minuten zu spät. Mit Verspätung und schlechter Laune, erreichte sie schließlich ihren Arbeitsplatz und musste sich prompt vom Vorgesetzten einen Vortrag über Pünktlichkeit anhören.

Sarah ist leidenschaftliche Werbekauffrau und entwirft interessante Werbeplakate und Broschüren. Doch heute kommen ihr einfach keine genialen Ideen. Alles, was sie am Computer gestaltet, löscht sie wieder und beginnt von neuem. Sarah wird immer unzufriedener und frustrierter mit ihrer Arbeit. Sie ist überzeugt, dass sie sich konzentrieren könnte, wenn sie diesen Morgen ihre Straßenbahn bekommen hätte. Und würde es nicht die ganze Zeit über regnen, so hätte sie auch gute Ideen. Wäre ihr Vorgesetzter besser gelaunt, herrschte ein besseres Betriebsklima am Arbeitsplatz. Wäre es im Büro nicht so kalt, könnte sie besser arbeiten. Auf diese Weise macht Sarah äußere Umstände für ihre innere Unruhe verantwortlich. Sie schafft es einfach nicht, ihre Aufmerksamkeit auf das Werbeplakat zu lenken. Ausreden dafür, warum sie keine Ideen hat, lenken sie geradezu von ihrer Arbeit ab. Der Vorgesetzte, Norbert Pfeiffer, kommt in das Großraumbüro und kündigt eine Besprechung an, die bereits in einer halben Stunde stattfinden soll. Der Leistungsdruck versetzt Sarah immer mehr in Stress und Panik. Innerhalb dieser kurzen Zeit ist es ihr nicht möglich, ein gutes Plakat zu entwerfen und schon gar nicht, da es ihr doch heute so schlecht geht. Aus der Not heraus, zeichnet sie einfach einen Jäger mit Flinte und Hund, der einer Spur folgt. Innerhalb weniger Minuten denkt sie sich den Werbespruch ‚*Wieso suchen, wenn es Bokto gibt!'* dazu aus. Hastig druckt sie den Entwurf aus und eilt zum Besprechungsraum. Ihr Vorgesetzter und alle Kollegen sind bereits in dem großen, düsteren Raum versammelt. Einer ihrer Kollegen präsentiert gerade seine Arbeit mit einem umfangreichen, pompösen Vortrag.

»Sie sind schon wieder zu spät, Frau Tiefenbach!«, schnauzt der Chef.

Eingeschüchtert von dieser peinlichen Situation, setzt sich Sarah an einen abgelegenen Platz. Nach einem schadenfrohen Grinsen, führt der Kollege seine Präsentation fort. Alle scheinen von seiner Arbeit überaus begeistert zu sein, nur Sarah sitzt schweigsam und genervt an ihrem Platz.

»Nun zeigen Sie uns doch mal Ihre Arbeit, Frau Tiefenbach«, fordert sie Norbert Pfeiffer auf. »Da sie hier zu spät erschienen sind, sollte ihr Entwurf wenigstens gut sein.«

Die Kollegen schmunzeln, denn sie lieben es, wenn sie selbst gut dastehen und jemand anderes schikaniert wird. Sarah fühlt sich unrecht behandelt und ihr Stolz ist stark verletzt. Angespannt und wütend geht sie mit ihrem Entwurf zur Leinwand. Genervt befestigt sie ihr Plakat mit Magneten, während ihre Kollegen voller Schadenfreude miteinander tuscheln.

»Jetzt erzählen Sie uns mal, was Sie sich dabei gedacht haben, Frau Tiefenbach!«, verlangt Herr Pfeiffer.

Sarah sieht sich ihren Entwurf sorgfältig an und sucht verzweifelt nach einer Antwort.

»Nun…ich finde, wir sollten den Verbrauchern klarmachen, dass Bokto das beste Produkt seiner Sorte ist und dass es sich nicht lohnt, andere Produkte auszuprobieren«, antwortet Sarah ohne geringstes Selbstvertrauen.

»Frau Tiefenbach, wollen sie den Verbrauchern verbieten, andere Produkte zu testen?«

»Nein, na…natürlich nicht«, stottert Sarah.

»Verbraucher lassen sich ungern etwas vorschreiben, Frau Tiefenbach!«, erwidert der Vorgesetzte mit boshaftem Unterton. »So, der nächste bitte!«

Eine Kollegin erhebt sich und geht nach vorn. Verletzt und verbittert zerrt Sarah ihr Plakat von der Leinwand. Als sie zu ihrem Platz zurückgeht, merkt sie, dass verspottende Augen sie verfolgen. Schließlich beginnt die Kollegin mit ihrer Präsentation. Sarah ist nicht in der Lage zuzuhören, denn sie ist zu sehr mit sich selbst und ihrem Schamgefühl beschäftigt. Sie fühlt sich wie eine Versagerin und überlegt, wie sie ihre Niederlage wieder gutmachen könnte. Die Anerkennung, nach der sie sich sehnt, bekommt sie in diesem Büro einfach nicht. Auf jeden Fall will sie sich den anderen Kollegen gegenüber beweisen und es denen mal so richtig heimzahlen! Sarah schreckt auf, als sie ihren Namen hört.

»Frau Tiefenbach, wie lautet denn *Ihre* professionelle Meinung?«, fragt Norbert Pfeiffer zynisch, als er die mentale Abwesenheit seiner Mitarbeiterin bemerkt.

Verwirrt starrt Sarah das präsentierte Plakat an. Sie kann weder klar denken, noch antworten.

»Frau Tiefenbach, wir warten!«

Die Kollegen setzen ein gehässiges Grinsen auf. Aus dem Zwang heraus, antwortet Sarah einfach das, was ihr gerade einfällt.

»Der Slogan passt gut zum Bild.«

Brüllendes Gelächter hallt durch den gesamten Besprechungsraum.

»Wenn das alles ist, was Ihnen dazu einfällt, empfehle ich Ihnen dringend eine andere Ausbildung. Ganz offensichtlich haben Sie keinerlei Talent als Werbekauffrau. Wenn ich es mir recht überlege, eignen Sie sich vielleicht gerade noch als Putzfrau«, beschimpft sie der Vorgesetzte.

Das boshafte Lachen der Kollegen dröhnt in Sarahs Ohren. Von da an nimmt sie nur noch deren Stimmen wahr und die dreckigen Worte kann sie nicht mehr verstehen, denn sie hat ihr Gehör ,abgeschaltet', um sich vor weiteren Verletzungen zu schützen. Schmerzerfüllt senkt sie ihren Blick und hofft, dass das Meeting bald ein Ende findet. Ihr Ego ist soeben zerschmettert worden: Alles womit sie sich jemals identifiziert hat, hat nun seinen Wert verloren.

Nach der Besprechung setzt sie sich desorientiert an ihren Computer und starrt leblos den Bildschirm an. Sie hat noch nicht einmal mitbekommen, an welchem Projekt sie jetzt arbeiten soll – das heißt, falls sie überhaupt eins zugewiesen bekommen hat. Kurz darauf meldet sich Sarah krank und will schnellstmöglich nach Hause.

»Aha, Ihnen geht es also heute nicht gut. Na, dann gehen Sie zum Arzt und denken dort über eine berufliche Veränderung nach«, tadelt der Vorgesetzte, ehe Sarah schweigend das Büro verlässt.

Zuhause beschließt Sarah eine Freundin anzurufen, um mit ihr über diese Probleme zu sprechen. Mit großer Enttäuschung muss sie feststellen, dass ihr Telefonanschluss nicht funktioniert. Selbst mit dem Handy kann sie ihre Freundin nicht erreichen und vermutet eine regionale Störung der Festnetzleitungen. Da heute nichts läuft wie es sollte, weint sich Sarah deprimiert in den Schlaf.

Als sie am nächsten Tag aufwacht, graut es ihr davor, zur Arbeit zu gehen. Sie spielt mit dem Gedanken, sich beim Arzt eine Krankmeldung zu holen. Doch diesen Triumph möchte sie ihren Kollegen nicht gönnen und geht deshalb widerwillig zur Arbeit. Da sie an keinem Projekt arbeitet, erledigt sie Papierarbeiten und denkt über ihre Zukunft nach. Anstatt mit der Straßenbahn nach Hause zu fahren, will sie zur Entspannung die gesamte Strecke laufen. Auf dem Weg begegnet sie einer alten Frau. Diese fragt Sarah, ob sie ihr über die Straße helfen könne. Sie selbst leide nämlich unter grauem Star und könne kaum etwas sehen. Nachdem Sarah hilfsbereit eingewilligt hat, packt die alte Frau ihren Arm und hält sich daran fest. Als kein Auto mehr in Sichtweite ist, überqueren sie gemeinsam die Straße. Langsam und mit einem Stock als Gehhilfe, bewegt sich die zerbrechliche, alte Dame vorwärts. Dabei kommt Sarah der beruhigende Gedanke, dass sie wohl doch noch von einigen Menschen gebraucht werden könnte. Als beide auf der anderen Straßenseite ankommen, bedankt sich die alte Frau herzlich. Bevor sich Sarah jedoch verabschieden kann, gibt ihr die liebenswerte Dame einen ernst gemeinten Rat.

»Wissen Sie, junge Frau, kein Mensch sollte gegen das Leben ankämpfen. Schon gar nicht, wenn man das Gefühl hat, die Kontrolle verloren zu haben! Es ist nicht schlimm, wenn das Leben die Macht über einen Menschen gewinnt. Im Gegenteil, es ist sogar sehr schön! Wir alle sollten Gottes Wille akzeptieren! Nicht umsonst heißt es im Vater Unser ,*Dein Wille geschehe wie im Himmel so auf Erden*'. Ich, zum Beispiel, habe überhaupt keine Kontrolle mehr. Mein Körper ist sehr schwach und ich kann fast nichts sehen. Oft läuft nicht alles so, wie es für mich auf den ersten Blick günstig wäre. Dem Leben bin ich nun völlig machtlos ausgeliefert. Diese Tatsache musste ich irgendwann akzeptieren. Seitdem ich den Kampf gegen Gott aufgegeben habe, beschert mir das Leben, wie durch Zauberhand, die schönsten Dinge. Jedes Mal, wenn ich nun eine Straße überqueren muss, steht ein netter, hilfsbereiter Mensch neben mir, der mir hilft. Wenn ich in einem Supermarkt bin und für mich etwas im Regal unerreichbar ist, steht ein großer Kerl neben mir, der dies sofort bemerkt und mir die Packung herunterreicht. Wir Menschen haben eine beschränkte Sichtweise und können deshalb nicht erahnen, wozu etwas, das uns auf Anhieb schlecht erscheint, gut sein soll. Oft ergeben Ereignisse erst sehr viel später einen Sinn.«

Mit strahlendem Gesicht, lächelt die alte Frau Sarah an. Schließlich wendet sie sich ab und humpelt mit ihrem Laufstock den Bürgersteig entlang. Wie angewurzelt, verweilt Sarah einige Minuten an derselben Stelle. Der Ratschlag der alten Dame hat sie zutiefst berührt und ihre Trauer allmählich aufgelöst. So viel Hoffnung, wie in diesem Moment, empfand sie schon lange nicht mehr. Langsam führt sie ihren Spaziergang fort und merkt, wie sich ein sanftes Lächeln auf ihrem Gesicht ausbreitet. Auch sie hat Hilfe bekommen, gerade als sie sich mit ihren unglücklichen Lebensumständen abgefunden hat. Demnach war die Begegnung mit der weisen, alten Dame bestimmt kein Zufall. Das Bild dieser Frau geht ihr immer noch durch den Kopf. Wie fröhlich und zufrieden sie schien, obwohl es ihr gesundheitlich sehr schlecht ging. Bereitwillig hat sie sich damit abgefunden, dass sie machtlos ist und mit jedem Tag dem Tod deutlicher in die Augen blickt. Nichts scheint sie aus der Ruhe zu bringen, selbst das Sterben scheint sie dankbar zu begrüßen. Und alles, was ihr das Leben gibt, nimmt sie freudig an. Demzufolge gibt es keine schlechten Tage, sondern nur eine ungünstige Lebenseinstellung. Das Leuchten im Gesicht der alten Dame wird Sarah niemals vergessen.

Am nächsten Tag, als Sarah zur Arbeit fahren möchte, hat die Straßenbahn aufgrund eines Verkehrsunfalls über eine halbe Stunde Verspätung. Sogar der Schienenersatzverkehr fällt aus. Sie kann an der Situation nichts ändern, denn es befindet sich auch keine Haltestelle einer anderen Straßenbahnlinie in der Nähe, zu der sie gehen könnte. Selbst wenn sie zur

Arbeit laufen würde, wäre sie fast eine Stunde unterwegs. Also akzeptiert sie die Tatsache, zu spät im Büro zu erscheinen und vom Vorgesetzten zurechtgewiesen zu werden. Dieser scheint momentan ohnehin nach Gründen zu suchen, womit er sie demütigen kann. Auch wenn sie pünktlich erscheint, findet er andere Mängel oder erfindet welche. Demnach spielt es keine Rolle, ob die öffentlichen Verkehrsmittel verspätet sind und Sarah kann in aller Ruhe auf die nächste Straßenbahn warten.

Natürlich beschwert sich Norbert Pfeiffer über Sarahs verspätete Ankunft, wobei Sarah einzig und allein mit einem zufriedenen Lächeln antwortet.

»Nicht wahr? Sie sind absichtlich zu spät gekommen, um mich zu ärgern!« schreit sie der Chef verbittert an.

Ohne auf diese Anspielung zu reagieren, wendet sich Sarah ihrem Computer zu. Nachdem Herr Pfeiffer verärgert in seinem Büro verschwunden ist, klingelt ihr Telefon. Gelangweilt nimmt sie den Hörer ab und antwortet. Am Apparat bedankt sich ein Kunde für das effektive Werbeplakat, das Sarah vor einigen Monaten entwarf.

»Aufgrund der guten Werbung, hat unser Unternehmen einen überdurchschnittlichen Umsatz erzielt«, berichtet der Kunde. »Außerdem möchte ich Sie darüber informieren, dass sich unsere Firma erweitern und eine eigene Werbeabteilung gründen möchte. Da die Geschäftsführung von Ihrer Leistung total begeistert ist, möchten wir Sie als Leiterin unserer neuen Werbeabteilung anwerben. – Könnten Sie sich denn vorstellen, in unserem Unternehmen zu arbeiten?«

Die Begeisterung lässt Sarahs Herz höher schlagen.

»Ich freue mich darüber, dass die Werbung so erfolgreich gewesen ist«, erwidert sie überglücklich.

»Und mit Vergnügen nehme ich das verlockende Jobangebot an.«

Nach einem kurzen Gehaltsgespräch versichert ihr der Kunde, sie erhalte innerhalb von zwei Tagen einen schriftlichen Arbeitsvertrag. Als das Gespräch beendet ist, ist Sarah vor Glück ganz außer sich. Nun ist sie in der Lage, über das Verhalten ihrer Kollegen zu lachen und ärgert sich nicht mehr über die einfaltslosen und primitiven Sticheleien. Allen Erniedrigungen begegnet sie nun mit einem zufriedenen Lächeln.

Zwei Tage später liegt ein fairer und einwandfreier Arbeitsvertrag in ihrem Briefkasten. Alles ist zu gut, um wahr zu sein. Nachdem sie den unterschriebenen Vertrag geschwind zur Post gebracht hat, ruft sie ihre Freundin Andrea an. Diese, jedoch, jammert darüber, wie deprimiert sie momentan sei. Auf der Arbeit hätte sie zu viel Stress und gesundheitlich sei sie auch angeschlagen. Schließlich berichtet ihr Sarah von der Begegnung mit der weisen, alten Frau und von ihrem tollen neuen Jobangebot. Andrea hingegen, ist völlig überzeugt davon, dass alle Menschen Macht über ihr eigenes Leben haben.

»Du solltest dir nicht von fremden Leuten einreden lassen, dass uns etwas anderes kontrollieren würde!«, belehrt sie Andrea. »Schließlich hat doch jeder einen freien Willen. Und auch dein blödes Jobgebot hat auf keinen Fall etwas mit deiner geistigen Einstellung zu tun. Es ist einfach nur Zufall gewesen. Außerdem solltest du dich lieber von Esoterik fernhalten!«

»Das hat nichts mit Esoterik zu tun«, antwortet Sarah. »Es scheint ein universelles Gesetz des Lebens zu sein.«

»Was für ein Quatsch! Du bist ja nun völlig übergeschnappt. Wach' endlich auf und kehr' in die Realität zurück!«

Verbittert beendet Andrea das Gespräch. Sarah ist von der Reaktion ihrer Freundin sehr enttäuscht und kommt zu dem Entschluss, sich lieber gleichgesinnte Freunde zusuchen. Sie glaubt einfach nicht an Zufälle, denn eine Art Magie scheint das Leben doch zu beinhalten.

Noch am selben Abend besucht Sarah einen Yoga-Kurs, für den sie sich noch in letzter Minute angemeldet hat. Dort lernt sie einen jungen Mann kennen, von dem sie überaus beeindruckt ist. Er hat etwas ganz Besonderes an sich, das Sarah mit simplen Worten nicht zu beschreiben vermag. Er ist sehr optimistisch und scheint geradezu von Innen heraus zu strahlen. Auch er nimmt alles dankend an, was ihm das Leben gibt oder nimmt. Zwischen ihm und Sarah entwickelt sich eine intensive, tiefgründige Freundschaft.

Sarahs Leben hat sich nun zum Positiven gewendet: Den alten Job hat sie gekündigt und erfreut sich derzeit einer angenehmen Stelle mit gutem Gehalt. Ihre neuen Vorgesetzten sind gute Menschenkenner und äußerst fair. Das Unternehmen strebt nicht nach Gewinn, sondern darum, möglichst vielen Menschen ernsthaft zu nutzen. Am meisten gefällt Sarah die Tatsache, dass die Mitarbeiter dort miteinander arbeiten und nicht gegeneinander.
Nach einem erfreulichen und angenehmen Arbeitstag, geht Sarah wie üblich zur Straßenbahnhaltestelle. Von weitem sieht Sarah, wie die Bahn bereits hält und dann einfach vor ihrer Nase wegfährt. Wut breitet sich langsam in ihrem Körper aus. – Doch halt! Wer weiß, wozu das gut ist! – Bei dem Gedanken, löst sich der Zorn plötzlich auf. Zufrieden setzt sich Sarah auf eine Bank unter dem Haltestellen-Unterstand und schließt ihre Augen. Sie spürt den warmen Wind, wie er sanft ihr Gesicht und Haare streift. Neben ihr

hört sie, wie sich schleppende Schritte nähern. Dann merkt sie, wie die Bank ein wenig durch das Gewicht einer Person nachgibt. Sarah fühlt einen Blick an ihr haften und öffnet die Augen. Neben ihr sitzt eine alte Frau, die sie anlächelt. Nun erkennt sie sie: Es ist die weise Dame, der sie vor einiger Zeit über die Straße half.

»Ich sehe Ihrem Gesicht an, dass sich Ihr Leben zum Guten gewendet hat«, sagt die Frau mit zarter Stimme. »Ich spüre, dass ich bald sterben werde. Um ehrlich zu sein, kann ich es kaum abwarten, zum Licht zurückzukehren.«

Sarah ist fassungslos, ihr fehlen einfach die Worte. Die weise, alte Dame schließt die Augen und strahlt aus tiefsten Herzen. Schweigend sieht Sarah die glückliche Person an. Schließlich gibt der Oberkörper der alten Frau nach und kippt nach hinten. Der Kopf prallt seitwärts gegen die Glaswand des Unterstandes. Schnell greift Sarah das Handgelenk der Frau, um den Puls zu fühlen. Die weise, alte Dame ist tot. Lächelnd ist sie gestorben!

Der Abgrund

Es ist eine düstere, verregnete Nacht. Mit aller Wucht prasselt der starke Regen vom Himmel herab. Ein Mann, am Steuer einer gelben Corvette, kann die Straße kaum noch erkennen, denn die Regentropfen klopfen heftig gegen Windschutzscheibe und trüben die Sicht. Mit großer Anstrengung, versucht der Autofahrer die Mittellinie der Fahrbahn zu sehen. Mit einem Mal bemerkt er, wie sich etwas Dunkles vom Waldrand auf die Straße bewegt. Schlagartig tritt er auf die Bremse, bis das Fahrzeug wenige Millimeter vor einer seltsamen Gestalt zum Stehen kommt. Der Autofahrer steht unter Schock; sein Herz hämmert und Schweißperlen bedecken sein Gesicht. Langsam steigt er aus seinem Wagen. Die Gestalt, die auf die Straße gerannt ist, entpuppt sich als eine Frau. Wie eine Betrunkene, schwankt sie ziellos die Straße entlang.

»Sind sie verletzt?«, ruft ihr der Autofahrer besorgt zu.

Er bekommt jedoch keine Antwort von der Frau, die sich taumelnd fortbewegt.

»Brauchen Sie Hilfe?«, ruft er verzweifelt, ehe er ihr folgt.

Schließlich holt er sie ein und packt ihren Arm. Schreckhaft dreht sich die verstörte Frau um. Sie kreischt und brüllt, als sei sie von einem Dämon besessen. Wild schlägt sie um sich, sodass der Mann ihre scharfen Fingernägel, an seine Wange schlagen spürt. Entsetzt lockert er seinen Griff und lässt die kreischende, verwahrloste Frau im Wald verschwinden. Beunruhigt geht er zu seiner Corvette zurück und fährt zum nächsten Polizeirevier, um diesen eigenartigen Vorfall zu melden.

»Wie sah diese Frau aus?«, fragt der Polizeibeamte. »Können Sie sie beschreiben?«

»Ja, sie hatte verknotetes und vom Regen durchnässtes Haar. Ihr Gesicht war lang, schmal und mit Dreck beschmiert. Sie trug ein schwarzes Kleid, das zerfetzt und zerrissen war. Arme und Beine waren mit Schmutz und Kratzwunden übersät. Und barfuß lief sie die Straße entlang«, erklärt der Augenzeuge. »Ich mache mir Sorgen um sie. Bei diesem Wetter könnte sie von einem Auto angefahren werden, wenn sie weiterhin auf der Straße herumirrt. Außerdem scheint sie total desorientiert zu sein. Gekreischt und gekratzt hat sie, als sei sie von einem Dämon besessen.«

Gewissenhaft notiert der Polizeibeamte seine Aussage. Als er das Wort ›Dämon‹ hört, schaut er den Augenzeugen überrascht und ungläubig an.

»Nun gut«, entgegnet der Beamte müde. »Ich schicke einen Streifenwagen raus. Meine Kollegen werden nach dieser Frau Ausschau halten.«

Mittlerweile ist eine Woche vergangen. In aller Ruhe schlägt Pfarrer Dietrich die Tageszeitung auf. Genüsslich schlürft er seinen Kaffee, während er nach einem aktuellen Thema für seine Predigt sucht. Als er liest, dass im Irak schon wieder Ingenieure entführt worden sind, schüttelt er betrübt den Kopf. Hat denn dieser unsinnige Teufelskreis der Gewalt nie ein Ende? Als der Pfarrer weiterblättert, fällt sein Blick auf einen ungewöhnlichen Zeitungsartikel.

GESTÖRTE FRAUEN IRREN DURCH DEN SCHWARZWALD

Auf der B 294 rannten Polizeiberichten zufolge, allein in dieser Woche, drei verschiedene Frauen direkt vor fahrende Kraftwagen. Glücklicherweise gelang es den Autofahrern, rechtzeitig zu bremsen. Laut Augenzeugenberichten, sollen diese Frauen extrem desorientiert und schlimm zugerichtet sein. „Diese Frauen verhalten sich außerordentlich aggressiv und gestört", berichtet Polizeisprecher Egon Gerhards. Es sei auch die Rede davon, dass alle drei Frauen wie Dämonen gebrüllt haben sollen. Zwei von ihnen wurden bereits von der Polizei gefasst und befinden sich momentan im Zentrum für Psychiatrie in Emmendingen. Nach Vermutungen der Polizei, irrt die dritte Frau noch immer durch den Wald. Bislang ist noch ungeklärt, ob zwischen diesen Frauen eine Verbindung besteht. Die Polizei weist darauf hin, die B 294 möglichst mit äußerster Vorsicht zu befahren und bittet um Hinweise, die bei den Ermittlungen weiterhelfen können.

Natürlich hat das Wort ,Dämonen' Pfarrer Dietrichs Interesse geweckt. Die kleine Stadt Waldkirch, in der er wohnt, befindet sich im Schwarzwald, direkt neben der B 294 und das Zentrum für Psychiatrie in Emmendingen ist ihm durchaus bekannt. Da er sich ohnehin in der Nähe des Geschehens befindet, möchte er diesen Fall genauer unter die Lupe nehmen und herausfinden, was mit den Frauen passiert ist, bevor sie wahnsinnig wurden. Außerdem will er unbedingt wissen, ob sie wirklich von Dämonen besessen sind. Anstatt seine Predigt vorzubereiten, fährt er nun nach Emmendingen.

An der Rezeption der Heilanstalt, erkundigt er sich bei einer Krankenschwester, ob es ihm möglich sei, mit einer der gestörten Frauen zusprechen, von denen in der Zeitung die Rede sei. Wie man anhand seiner Amtskleidung sehen könne, sei er Pfarrer und wolle herausfinden, ob diese Frauen wirklich von Dämonen besessen seien.

»Nur das Fachpersonal und Familienangehörige dürfen mit den Patientinnen reden«, stöhnt die Krankenschwester.

»Wenn es sich tatsächlich um Dämonen handelt, können die Psychiater nicht helfen!«, argumentiert Pfarrer Dietrich.

»In dieser Psychiatrie stehen den Patienten Klinikpfarrer beider Konfessionen zur Verfügung. Außerdem glaube ich nicht an Dämonen!«, faucht die Krankenschwester.

»Darf ich wenigstens mit einem der Pfarrer über diese Frauen reden?«

»Tut mir leid«, weist ihn die Schwester zurück. »Alle Pfarrer und Psychiater unterliegen der Schweigepflicht.«

»Nun gut. Ich hinterlasse Ihnen meinen Namen und Telefonnummer. Falls meine praktischen Erfahrungen im Exorzismus doch noch gebraucht werden, können Sie mich anrufen.«

Widerwillig nimmt die Krankenschwester den Zettel an sich, den der Pfarrer ihr reicht, und legt ihn auf ihren chaotischen Schreibtisch. Frustriert fährt Pfarrer Dietrich zum Pfarrhaus in Waldkirch zurück. Auf dem Rückweg überlegt er, ob es vielleicht andere Wege gäbe, mit den Frauen Kontakt aufzunehmen. Da ihm leider nur illegale Methoden in den Sinn kommen, hofft er, dass die Zeit für ihn arbeitet und alles für die Aufklärung dieses Falles in die Wege leitet.

Am Sonntag hält Pfarrer Dietrich eine Predigt über die entführten Geiseln im Irak. Er weist seine Glaubensgemeinde auf ebenfalls schlimme Schicksalsschläge in der Bibel hin. Am Ende seiner Predigt ermutigt er die Gemeinde für die Geiseln zu beten. Nach einem anstrengenden Vormittag, schlägt der Pfarrer gemütlich die Sonntagszeitung auf und findet einen neuen Artikel über die gestörten Frauen.

WEITERE GESTÖRTE FRAU IRRT DURCH DEN SCHWARZWALD

Seit ungefähr zwei Wochen rennen immer wieder gestörte Frauen vom Schwarzwald auf die stark befahrene B 294. Bislang kam dadurch noch keine Frau zu Schaden. Polizeiberichten zufolge, wurde die dritte

irrende Frau am Donnerstagabend von der Polizei aus-
findig gemacht und wegen ihres gestörten und aggres-
siven Verhaltens im Zentrum für Psychiatrie in Emmen-
dingen eingewiesen. Erst gestern Nacht wurde beinahe
wieder eine Frau auf der B 294 überfahren. Nach
Augenzeugenbericht, soll sich diese Frau im selben
verwahrlosten Zustand befinden wie die vorherigen drei
Frauen. Auch dieselbe Verhaltensweise soll an ihr
beobachtet worden sein. Die Frauen sind außerge-
wöhnlich aggressiv und brüllen angeblich wie Dämo-
nen. Bislang ist die Identität dieser Frauen unbekannt.
Was mit ihnen im Wald geschehen ist, ist ebenfalls
unklar. Die Polizei wollte bislang noch keine Stellung
dazu nehmen, ob es sich bei den Frauen um Vergewal-
tigungsopfer handelt. Aus heutiger Sicht, haben die
eigenartigen Ereignisse im Schwarzwald noch kein
Ende gefunden. Die Polizei ermittelt weiter und bittet
die Bevölkerung erneut um Hinweise.

Unzufrieden liest Pfarrer Dietrich den Artikel mehrmals durch. Die Tatsache, nicht zu wissen, was die Frauen in den Wahnsinn getrieben hat, beunruhigt ihn sehr. Er vermutet, dass es noch weitere Opfer geben wird, wenn die Ursache nicht bald aufgeklärt wird.

Überraschenderweise erhält Pfarrer Dietrich am nächsten Vormittag einen Anruf von einem gewissen Dr. Friedrich Kling.

»Spreche ich mit Pfarrer Dietrich?«, fragt dieser völlig außer sich.

»Ja, am Apparat. Was kann ich für Sie tun?«

»Nun, eine Krankenschwester berichtete mir von Ihrem Besuch letzte Woche. Sie sollen sich ange-blich über die gestörten Frauen erkundigt haben.«

»Ja, das stimmt«, erwidert der Pfarrer gelas-sen.

»Die Sache ist…zwei Frauen behaupten unaufhörlich den Teufel gesehen zu haben. Die andere weigert sich zu sprechen. Alle drei Frauen sind extrem aggressiv und brüllen wie Wahnsinnige. Ich habe die Befürchtung, dass diese Frauen tatsächlich von Dämonen besessen sein könnten. Unsere Klinikpfarrer haben aber leider keine praktischen Erfahrungen im Exorzismus. Ich glaube zwar nicht an Dämonen, trotzdem wäre es besser, Sie würden sich diese Frauen anschauen«, fleht Dr. Kling.

»In Ordnung. Wann kann ich vorbeikommen?«

Der Psychiater hält inne, während er in seinem Terminkalender zu blättern scheint.

»Könnten Sie heute Nachmittag um zwei Uhr hier sein? Um diese Zeit habe ich mit einer der Frauen eine Therapiesitzung.«

»Das geht in Ordnung«, bestätigt der Pfarrer. »Bis heute Nachmittag!«

Sehr erfreut darüber, die Frauen nun auf legalem Weg befragen zu können, legt Pfarrer Dietrich den Hörer auf.

Am frühen Nachmittag wird der Pfarrer bereits eifrig von Dr. Friedrich Kling am Empfang erwartet.

»Schön, dass Sie gekommen sind, Pfarrer Dietrich. Ich zeige Ihnen zunächst eine der Frauen, die behauptet den Teufel gesehen zu haben.«

Geschwind führt Dr. Kling den Pfarrer in sein Büro. Zu dessen Überraschung sitzt dort schon eine der Frauen. Ihre Arme und Beine sind mit Gurten an einem stabilen Stuhl befestigt. Ihr Anblick ist Mitleid erregend, denn ihre Kleidung ist völlig verschwitzt und ihr blondes Haar ist schmutzig und verknotet. Im Gesicht und an den nackten Armen sind Anzeichen von Verletzungen zu erkennen.

»Guten Tag. Wie geht es Ihnen heute?«, fragt der Psychiater freundlich. »Gibt es etwas, worüber Sie sprechen möchten?«

Die Frau starrt leblos ins Leere und gibt keine Antwort.

»Dies hier ist Pfarrer Dietrich. Er wird heute während unserer Therapiesitzung anwesend sein. Er ist extra aus Waldkirch gekommen, um Ihnen zu helfen.«

Die Frau zeigt keinerlei Reaktion.

»Möchten Sie uns nicht erzählen, was im Wald geschehen ist?«, erkundigt sich Dr. Kling bei seiner Patientin.

Nachdem ihm die Frau nicht antwortet, fährt er mit der Befragung fort.

»Wer hat Sie so schlimm zugerichtet?«

Pfarrer Dietrich nimmt ein Kruzifix aus seiner Tasche und legt es auf einen kleinen Beistelltisch. Die Frau, die zuvor ausschließlich geradeaus starrte, bewegt nun ihre Augen, um neugierig das Kruzifix zu mustern.

»Damit können Sie mir auch nicht mehr helfen!«, faucht sie. »Es ist zu spät!«

»Wieso soll es zu spät sein?«, fragt der Pfarrer besorgt.

Wie ein Löwe beginnt die Frau zu brüllen. An ihren Schläfen schwellen die Schlagadern an und ihre lodernden Augen stechen hervor.

»Ich habe den Teufel gesehen«, schreit sie. »Ich habe den Teufel gesehen. Ich habe den Teufel gesehen...«

Während die Frau diesen Satz mehrmals schreiend wiederholt, versucht sie sich von den Gurten loszureißen. Als ihr dies nicht gelingt, brüllt sie wie eine Wahnsinnige.

»Wie sah denn der Teufel aus?«, will der Pfarrer wissen.

»Halts Maul!«, bellt sie.

»Wo haben Sie den Teufel gesehen?«, versucht Pfarrer Dietrich herauszufinden.

Die Frau schreit sich die Kehle aus dem Hals und rüttelt an den Gurten. Nach weiteren erfolglosen Versuchen, ihr brauchbare Informationen zu entlocken, ruft der Psychiater das Pflegepersonal, das sie schließlich wieder in ihre Zelle bringt.

Kurz darauf wird eine weitere Frau an den Stuhl geschnallt. Auch sie kämpft wie eine Irre, um sich zu befreien. Auf Dr. Klings Frage, wie es ihr heute ginge, antwortet sie mit einem Furcht erregenden Brüllen.

»Sie haben mir neulich erzählt, Sie hätten den Teufel gesehen«, fährt der Psychiater fort. »Wo haben Sie ihn denn gesehen?«

Die Frau brüllt weiterhin wie eine Bestie, wobei sie sich loszureißen versucht. Dann beugt sie sich überraschender Weise vor und schreit *so* laut, dass sie rot anläuft.

»Sie wollen wissen wo ich den Teufel gesehen habe? Sie wollen das wirklich wissen, ja?«

»Ja«, entgegnet der Psychiater in aller Ruhe.

»Direkt vor mir, Sie Vollidiot!«

»Wo befanden Sie sich zu diesem Zeitpunkt?«, fragt Pfarrer Dietrich.

»Das spielt doch keine Rolle«, schreit die Frau mit schriller Stimme. »Der Teufel ist überall. Er ist in mir. Ich habe das Böse gesehen! Ich habe den Teufel gesehen!«

Die Frau schreit so lange, bis ihre Stimme versagt und sie daraufhin vom Pflegepersonal abgeführt werden muss.

Die dritte Frau wird hineingeführt. Diese rührt sich nicht im Geringsten. Angewurzelt wie eine Statue und ohne auch nur mit der Wimper zu zucken, starrt sie vollkommen stumm ins Leere. Beide konnten aus dieser Frau kein einziges Wort herauskitzeln.

Nachdem auch die dritte Frau wieder in ihre Zelle gebracht wurde, verbleiben Dr. Kling und der Pfarrer nachdenklich im Büro.

»Was halten Sie davon?«, fragt der Psychiater neugierig.

»Ich denke nicht, dass diese Frauen von Dämonen besessen sind. Ich glaube, sie sind dem Abgrund des menschlichen Seins begegnet; oder sie befinden sich noch im Verderben.«

Überrascht schaut Dr. Friedrich Kling seinen Gesprächspartner an.

»Was meinen Sie?«

»Nun«, erklärt der Pfarrer. »Meine Meinung ist natürlich von meinem Beruf, meiner Religion und meiner Lebenserfahrung geprägt. Ich sehe es jedenfalls so: Menschen können sehr tief sinken, wenn sie keine Erfüllung finden. Da sie nicht wissen, was ihnen wahre Glückseligkeit verschaffen kann, streben sie nach mehr Geld, Macht, Erfolg, Ansehen und Ruhm. Somit werden sie für die sieben Todsünden äußerst anfällig. Manche Menschen versuchen durch unmäßiges Essen und einem ausschweifenden Leben Befriedigung zu empfinden. Dabei werden sie den Gaben Gottes gegenüber undankbar. Andere werden depressiv und dadurch viel zu träge zum Arbeiten. Ihre Herzen verschließen sich vor dem Glauben und Ihr Geist wird getrübt. Wieder andere wälzen sich in Hochmut und betrachten ihr eigenes Handeln als etwas Bedeutungsvolles. Sie werten stets die Leistungen ihrer Mitmenschen ab und schenken ihnen kaum Beachtung. Viele Menschen stürzen sich von einem sexuellen Abenteuer ins nächste und lassen nichts unversucht um ihre sexuelle Lust kontinuierlich zu steigern. Manch anderer ist von extremer Habgier besessen und darum extrem sparsam und unwillig zu teilen. Zur eigennützigen Vermehrung und Erhaltung des Besitzes, wird sogar zu illegalen Mitteln gegriffen. Manche Leute reagieren äußerst aggressiv, wenn sie nicht das bekommen, was sie wollen. Sie verlieren somit die Kontrolle über ihre Worte und Handlungen. Zur guter Letzt fühlen sich viele Menschen anderen gegenüber benachteiligt. Sie empfinden sich gekränkt von der Gesundheit, Schönheit, Intelligenz, Fähigkeit und dem Besitz ihrer Mitmenschen und werden neidisch. Der ewige Kampf, mehr zu erreichen und mehr zu besitzen, ist sehr qualvoll. Was diese Leute leider nicht wissen ist, dass es sich bei ihren Zielen lediglich um eine Illusion handelt. Es ist nur eine Täuschung, dass Essen, Sex, Schönheit, Geld, Macht und Erfolg glücklich machen. Diese Dinge bereiten nur für einen kurzen Moment etwas Freude, denn sie sind nicht von Dauer. Und hinterher folgt ein Gefühl tiefster Unzufriedenheit. Einige Menschen, die nach langem Kampf, keine Erfüllung finden, sehen sich als Versager. Sie werden äußerst depressiv und können mit sich selbst nicht mehr leben. Entweder wachen sie dann auf und beobachten aufmerksam die Gedanken und Gefühle, die sie unglücklich machen. Oder sie werden extrem gewalttätig und landen im Gefängnis oder in einer Psychiatrie. Was nun diese Frauen hier betrifft, so wäre es möglich, dass sie aus einem dieser Gründe so tief gesunken sind, dass sie das Gefühl empfinden, dem Teufel zu begegnen oder das Böse in Person zu sein. Dr. Kling, aus der Sicht eines Psychiaters, sehen Sie sicherlich alles anders. Was sagen Sie dazu?«

Dr. Friedrich Kling, der interessiert zugehört hat, denkt kurz nach.

»Ich verstehe was Sie sagen! Meinen Kenntnissen zufolge, können sich Menschen vieles einbilden. Der Fantasie sind keine Grenzen gesetzt. Trotzdem ist der Glaube an Gott und den Teufel eine Voraussetzung.«

»Richtig! Diese Frauen scheinen gläubig zu sein. Dennoch vermute ich, dass jemand nachgeholfen hat. Es ist nämlich seltsam, dass diese Frauen innerhalb weniger Tage in derselben Gegend gefunden worden sind. Es sieht ganz danach aus, als hätte sie jemand in den Wahnsinn getrieben. Der Verantwortliche wird vom Teufel geredet und ihre Vorstellungskraft beeinflusst haben.«

»Ja, das ist durchaus möglich«, stimmt ihm der Psychiater zu.

»Auf jeden Fall, werde ich nach der Ursache suchen! Ich werde mir die Gegend, in der sie gefunden worden sind, genauer ansehen.«

»Und Sie sind sicher, dass diese Frauen nicht von Dämonen besessen sind?«

»Ja«, erklärt der Pfarrer. »Ansonsten hätten sie schlagartig die Persönlichkeit gewechselt oder in fremden, beziehungsweise alten Sprachen gesprochen.«

»Nun, sobald wir wissen, was diese Frauen krank gemacht hat, können wir die richtige Therapie anwenden. Ich muss genau wissen, was denen eingeredet worden ist, damit ich dann das Gegenteil beweisen kann.«

»Ja, so sehe ich es ebenfalls«, stimmt Pfarrer Dietrich zu. »Wenn die Frauen möchten, können sie hinterher auch von der Karitas Hilfe bekommen. Aus meiner Sicht ist es wichtig, dass die Frauen inneren Frieden finden, denn sie sind stark vorbelastet. Falls sie sich nämlich irgendwann wieder als Versager einschätzen, könnte ihr Leben ein fatales Ende nehmen.«

Der Psychiater nickt.

»Wir werden unser Bestes tun, um den Frauen aus diesem ‚Abgrund’, wie Sie es nennen, herauszuhelfen. Ich stimme Ihnen zu, dass sie nach unserer Therapie weiterhin psychologisch betreut werden sollten, um einen Rückfall zu vermeiden.«

Ziemlich erschöpft, verabschiedet sich Pfarrer Dietrich von Dr. Kling.

Fast zwei Stunden hat der Pfarrer in der Heilanstalt verbracht. Da er an dem Tag keine weiteren Termine wahrnehmen muss, fährt er zu der Bundesstraße, auf der die Frauen gesichtet worden sind. An einem Parkplatz stellt er sein Auto ab und wandert zu Fuß durch den Schwarzwald, um nach Hinweisen zu suchen. Wie er bereits vermutet hat, kann er nichts Verdächtiges erkennen, denn im Wald gibt es keine Anzeichen für seltsame Rituale. Selbst verlassene und abgelegene Hütten befinden sich in bester Ordnung und die Menschen, denen er begegnet, sind stets freundlich. Einige von ihnen scheinen Touristen zu sein. Schließlich treibt ihn der Kohldampf heim. Es ist ziemlich spät, als er zum Pfarrhaus zurückkehrt. Er nimmt noch schnell eine deftige Mahlzeit zu sich, um gleich im Anschluss übermüdet in sein Bett zu fallen.

Am nächsten Morgen sucht er in der Tageszeitung nach einem weiteren Bericht über die gestörten Frauen. Schließlich wird er fündig:

POLIZEILICHER ERFOLG IM FALL DER
GESTÖRTEN FRAUEN
Seit einigen Wochen hält der Fall der gestörten Frauen den Schwarzwald in Atem. Insgesamt wurden vier verwahrloste Frauen auf der B 294, in der Nähe von Waldkirch, gesichtet. Drei von ihnen befinden sich seit einigen Tagen in stationärer psychiatrischer Behandlung. Nun meldet die Polizei weitere Erfolge in ihren Ermittlungen: Gestern Abend haben Streifenbeamte die vierte Frau gefasst, die bislang noch durch den Schwarzwald irrte. Seitdem befindet sie sich ebenfalls im Zentrum für Psychiatrie in Emmendingen. Jüngsten Polizeiberichten zufolge, konnte mittlerweile eine der vier Frauen identifiziert werden. Anhand von Zahnarztunterlagen wurde bewiesen, dass eine der Frauen die Tochter des reichen Geschäftsmannes, Klaus-Werner Gertz aus Baden-Württemberg ist. Es handelt sich hierbei um Katrin Gertz. Klaus-Werner Gertz, der Geschäftsführer des Kommunikationstechnik Herstellers BECD, lässt das Geschehen unberührt. Die Frage,

88

warum er seine Tochter nicht als vermisst meldete, entgegnete der erfolgreiche Geschäftsmann mit der Begründung, er wolle nichts mehr mit seiner Tochter zu tun haben. „In der Psychiatrie ist sie bestens aufgehoben", versicherte er. Die Polizei geht davon aus, dass die anderen drei Frauen aus ähnlichen Gründen nicht als vermisst gemeldet wurden. Daher wird die Bevölkerung nochmals um Hinweise gebeten.

Am frühen Nachmittag fährt Pfarrer Dietrich nach Freiburg, zum Firmensitz der Firma BECD. An der Rezeption fragt er, ob es möglich sei, mit Klaus-Werner Gertz zu sprechen. Denn für Katrin Gertz Genesung bräuchte er Informationen, die ihm nur Familienangehörige erteilen können. Geduldig hört ihm die schlanke, braunhaarige Empfangsdame zu. Gewissenhaft fragt sie im Büro des Geschäftsführers nach, ob dieser Zeit für ein Gespräch über seine Tochter hätte.

»Tut mir leid, Herr Pfarrer, Klaus-Werner Gertz wünscht niemanden zu sprechen.«

»In Ordnung«, entgegnet der Pfarrer enttäuscht.

Als wollte er das Gebäude verlassen, läuft er langsam zum Ausgang. Doch in der Tat, sucht er nach der nächsten Gelegenheit, unbemerkt am Empfang vorbeizukommen. Wie gerufen, kommt ihm sogar jemand entgegen: Ein junger Mann überquert die Eingangshalle und meldet sich an der Rezeption bezüglich eines Termins an. Sobald die hübsche Brünette abgelenkt ist, schleicht sich Pfarrer Dietrich geduckt am Tresen vorbei und verschwindet im Treppenhaus. Im ersten Stock täuscht er vor, sich verlaufen zu haben und fragt, wo sich die Büros der Geschäftsleitung befinden mögen. Mit dem Aufzug fährt er schließlich ins oberste Stockwerk und ehe er sich versieht, steht er auch schon vor dem Vorzimmer des Geschäftsführers. Einen Plan, wie er die Chefsekretärin weglocken kann, hat er bereits ausgeheckt. Höflich klopft er gegen die offene Tür und tritt behutsam in den Raum.

»Entschuldigen Sie, gnädige Frau! Ihre Kollegin, die Frau Lorenz, schickt mich. Sie braucht dringend Hilfe mit dem Kopierer. Denn sie ist nicht in der Lage, den Papierstau zu beheben. Bitte helfen Sie ihr!«

Genervt rollt die Sekretärin ihre Augen und stöhnt.

»Schon wieder! Mittlerweile müsste die doch wissen, wie man mit einem Papierstau umgeht!«

»Es tut mir schrecklich leid«, stammelt der Pfarrer schüchtern.

Gestresst erhebt sich die Frau von ihrem Drehstuhl und läuft widerwillig zum Kopierraum. Ohne lange zu zögern, klopft Pfarrer Dietrich bei Klaus-Werner Gertz an, ehe er in das Büro hineinplatzt. Der eifrige Geschäftsmann, der konzentriert an seinem Computer sitzt, schreckt auf.

»Wer zum Teufel sind Sie!«, schreit dieser empört. »Wie sind sie hier rein gekommen? Was wollen Sie?«

Gelassen schließt der Pfarrer die Tür hinter sich.

»Es handelt sich um einen Notfall.«

»Was denn für ein Notfall?«, faucht der Geschäftsmann.

»Es geht um Ihre Tochter.«

»Ach, die interessiert mich nicht! Hoffentlich geht es ihr schlecht!«

»Warum hegen Sie eine so starke Abneigung gegen ihre Tochter? Was hat sie Ihnen angetan?«, fragt der Pfarrer besorgt.

»Ach, dieses Miststück ist zu nichts zu gebrauchen! Dieses Weib ist geldgierig und war unverschämt zu einer meiner Bekannten! Und jetzt verschwinden Sie endlich!«

Pfarrer Dietrich lässt sich jedoch nicht abwimmeln.

»Wer ist diese Bekannte und warum war Ihre Tochter unverschämt?«

»Meine Bekannte wollte ihr doch nur helfen! Als Dank wurde sie dann auch noch von dieser Schlampe beschimpft und angeschrieen.«

»Was hat die Bekannte getan, bevor sie beschimpft wurde?«

»Sie wollte dem Miststück nur ein Paar Manieren beibringen, das ist alles. Nun verschwinden Sie, bevor ich das Sicherheitspersonal anrufe!« droht der Geschäftsmann mit aufgerissenen Augen.

»Wer ist diese Bekannte? Hat sie einen Namen?«

»Das ist eine Heilige! Hören Sie, eine Heilige! Raus aus meinem Büro!«

»Darf ich annehmen, dass Ihre Bekannte religiös ist?«

»Ja, verdammt noch mal!«, brüllt Herr Gertz.

»Welcher Religion gehört sie an?«

»Verschwinden Sie! Sofort!«

Der Geschäftsmann greift zum Telefonhörer.

»Frau Winter, bitte verbinden Sie mich mit dem Sicherheitspersonal!«

Schlagartig ergreift der Pfarrer die Flucht: Hastig verlässt er das Gebäude und eilt zu seinem Auto. Zügig verlässt er den Besucherparkplatz, hält in einer kleinen Gasse und atmet erst einmal erleichtert auf. Schließlich schlägt er seinen Stadtplan auf, in dem er einige Stunden zuvor die Privatadresse von Klaus-Werner Gertz verzeichnet hat und fährt weiter. Nach einigen Minuten findet er das aufwendige, pompöse Haus des Geschäftsmannes. In aller Ruhe stellt der Pfarrer sein Auto ab, geht zu dem Haus und klingelt zweimal. Als ihm niemand die Tür öffnet, versucht er es bei den Nachbarn. Eine pummelige Frau mittleren Alters, mit kurzem braunem Haar, öffnet die Tür.

»Was gibt's?«, fragt diese genervt.

»Entschuldigen Sie die Störung! Haben Sie vielleicht in letzter Zeit an den Gertz etwas Ungewöhnliches bemerkt?«

»Warum wollen Sie das wissen?«, befragt ihn die Nachbarin misstrauisch.

»Der Psychiater, der Katrin Gertz behandelt, hat mich um Hilfe gebeten. Wir möchten wissen, was der jungen Frau zugestoßen ist, damit wir die Möglichkeit haben, ihr helfen«, erklärt der Pfarrer zuversichtlich.

»Seit wann beauftragt ein Psychiater einen Pfarrer damit, Detektiv zu spielen?«

»Nun, die Ursache Katrin Gertz Leidens scheint von religiöser Natur zu sein.«

Neugierig mustert die Hausfrau den Pfarrer. Der intensive Drang, über den reichen Geschäftsmann zu lästern, nimmt bei ihr überhand und löst jeden Argwohn in Luft auf.

»Kommen Sie doch hinein! Möchten Sie eine Tasse Kaffee?«

»Ja, sehr gern. Vielen Dank.«

Der Pfarrer staunt über die plötzliche Gastfreundschaft dieser misstrauischen und ängstlichen Person.

»Endlich kommt jemand der armen Katrin zu Hilfe! Wie ist Ihr Name?«

»Ich heiße Armin Dietrich. Ich bin Pfarrer der Pfarrgemeinde St. Margarethen in Waldkirch.«

»Nett Sie kennen zu lernen! Mein Name ist Gerda Schlegel. Sie können mich Gerda nennen.«

»Sehr erfreut!«

Die pummelige Frau führt ihren Gast ins Wohnzimmer und deutet mit der Hand auf einen Sessel.

»Setzen Sie sich!«

»Vielen Dank, Gerda!«

»Ach, das ist so eine Tragödie!«, fängt die Frau zu erzählen an, während sie ihr Kaffeeservice aus einem Wandschrank holt und bereitstellt.

»Nie hätte ich gedacht, dass ein erfolgreicher Mann so herzlos sein kann. Alles begann damit, dass sich Klaus-Werner des öfteren heftig mit seiner Frau Marion stritt. Die Ursache des Streits ist hier niemandem bekannt. Marion hielt es dann mit ihm nicht mehr aus und wollte sich scheiden lassen. Oft kam sie weinend zu mir und klagte darüber, dass Klaus-Werner ihr nach der Scheidung keinen Unterhalt zahlen wolle. – Ich setze nur noch den Kaffee auf und bin gleich wieder da.«

Nach einigen Minuten kommt die gesprächige Frau ins Wohnzimmer zurück und setzt sich in einen Sessel.

»Wo waren wir stehen geblieben... Ach, ja! Er wollte ihr keinen Unterhalt zahlen. Schließlich erfuhr ich von anderen Nachbarn, dass sie von ihrem Mann in eine Psychiatrie eingewiesen wurde. Seltsame Geschichten kursieren seitdem in der Nachbarschaft. Manche erzählen, dass Marion mehrere Menschen ermordet haben soll und sogar versucht habe Katrin und Klaus-Werner zu töten. Andere Leute sagen, Klaus-Werner sei wahnsinnig geworden. Geblendet von seiner Paranoia, soll er seine Frau in die Psychiatrie geschickt haben.«

»Denken Sie, dass an den Geschichten etwas Wahres dran ist?«, unterbricht der Pfarrer die leidenschaftlich quasselnde Frau.

Nachdenklich zuckt sie mit den Schultern.

»Das Klaus-Werner wahnsinnig geworden ist, *das* stimmt auf jeden Fall. Er verhält sich sehr eigenartig und grüßt nicht mehr. Doch die lebensfrohe Marion – eine Mörderin – nie im Leben!«

»Wissen Sie, ob noch eine andere Person in die Sache verwickelt war? Klaus-Werner Gertz erwähnte eine Bekannte, die Katrin helfen woll...«

»Ach ja!« unterbricht Gerda den Pfarrer. »Nachdem Marion in die Psychiatrie eingewiesen wurde, kam hin und wieder eine dunkel-haarige Frau bei den Gertz zu Besuch. Manchmal kam auch Katrin dazu. Jedes Mal, als Katrin das Haus wieder verlies, sah sie sehr niedergeschlagen aus. Einmal fragte ich sie, was sie so stark bedrücken würde. Doch sie antwortete nur, dass es ihr gut ginge. Ich glaubte ihr jedoch nicht. Noch nie habe ich das lebhafte Kind so traurig gesehen. – Der Kaffee ist bestimmt schon fertig. Ich bin gleich wieder bei Ihnen.«

Geschwind flitzt die Frau in die Küche und kehrt nach wenigen Minuten samt Kaffeekanne, Milch und Würfelzucker zurück. Flink setzt sie sich wieder und schenkt dem Pfarrer und sich selbst Kaffe ein.

»Milch?«

»Ja, bitte!«

»Zucker?«

»Nein, danke!«

Mit einer Tasse Kaffee in der Hand, fährt Gerda mit der Geschichte fort.

»Also, wenn Sie mich fragen, ich glaube diese schwarz-haarige Frau hat Katrin Schritt für Schritt fertig gemacht. Mit Sicherheit, hat diese Frau sie so sehr in den Wahnsinn getrieben, dass Katrin gar nicht mehr anders konnte, als wie eine Verrückte im Wald herumzuirren. Katrin war immer sehr anständig, höflich und voller Lebensfreude. Sie lachte sehr gern. Ihr Lachen kam immer von Herzen. Auf andere Menschen wirkte es sogar so ansteckend, dass jeder, der sich in ihrer Nähe befand, mitlachen musste. Selbst ihre Freunde waren nett und zuverlässig. Sie nahm nie Drogen. Ich bezweifle, dass Katrin von ganz allein in diesen Zustand geraten ist.«

Nachdenklich trinkt Pfarrer Dietrich seinen Kaffee.

»Denken Sie das Gerücht, dass Marion Gertz eine Mörderin sei, wurde von dieser schwarz-haarigen Frau verbreitet?«

»Möglich wär's. Dieser komischen Frau ist alles zuzumuten. Und wie die schon aussah! Die war total fett und klein! Einfach abscheulich…«

»Denken Sie, dass allein diese Gerüchte Katrin fertig gemacht haben, oder fanden ebenfalls Rituale in dem Haus statt?«

Neugierig und mit viel Elan schaut Gerda ihren Gesprächspartner an.

»An was für Rituale denken Sie?«

»Da Katrin Gertz überzeugt ist, den Teufel gesehen zu haben, vermute ich dass diese unbekannte Frau einer Art Sekte angehört. Und in einigen Sekten werden Rituale zur Geisteraustreibung abgehalten.«

»Na wie gesagt, dieser Frau ist alles zuzutrauen. Ich habe keine Ahnung, was die in dem Haus getrieben haben, denn ich konnte leider nicht hineinsehen. Trotzdem sind die kursierenden Gerüchte mit Sicherheit für Katrin schwer zu verkraften. Allein die Idee, dass die eigene Mutter eine Mörderin sei, kann einen schon krank machen! Ach, die Marion ist eine liebevolle Frau. Sie hätte nie jemandem ein Härchen gekrümmt. Wer weiß, was diese Hexe Marion angetan hat, bevor sie eingewiesen wurde. Garantiert wurde auch sie in den Wahnsinn getrieben…«

»Hat Herr Gertz jemals über diese eigenartige Bekannte gesprochen?«

»Den Gutfrieds, von gegenüber, erzählte er, er bräuchte diese Frau, denn sie helfe ihm Probleme zu lösen. Er soll sogar erwähnt haben, sie hätte ihm geholfen seine Frau loszuwerden. Er schien von ihr total begeistert zu sein, sagten mir die Gutfrieds. Das ist aber schon einige Monate her, seitdem er mit den Nachbarn gesprochen hat. Er hat lange nicht mehr mit jemanden geredet. Selbst mit Verwandten scheint er nicht mehr reden zu wollen. Letztens wollten ihn seine Verwandten aus Stuttgart besuchen. Sie trafen, genau wie Sie, das leere Haus vor. Also klingelten sie bei mir und fragten, wo die Gertz seien. Sie hätten lange nichts mehr von ihnen gehört und niemand ginge ans Telefon. Und weil dies so seltsam war, schauten sie einfach mal vorbei. Sehen Sie, er scheint sich von allen Menschen abzukapseln, außer von dieser Bekannten. Denn die sehe ich immer noch ab und zu vorbeikommen. Wer weiß was die da treiben! Vielleicht hat Klaus-Werner sie beauftragt, unangenehme Familienmitglieder zu beseitigen. Oder es ist genau das Gegenteil. Den Gutfrieds erzählte er nämlich, dass diese Frau hohe Geldsummen für ihre Hilfeleistungen fordert. Vielleicht handelt es sich sogar um eine Sekte oder so was. Also, wenn sie mich fragen, ist es sogar möglich, dass diese Frau ihn von Freunden und Bekannten trennt, damit sie ihn besser bearbeiten kann. Familienmitglieder oder Freunde könnten ihn nämlich darauf aufmerksam machen, dass sie ihn nur um sein Geld betrügt. Da dies offenbar eine Gefahr für sie darstellt, schafft sie sie mit allen Mitteln aus dem Weg. Jetzt kann sie ihn so oft manipulieren, wie sie will. Niemand kann Klaus-Werner vom Gegenteil überzeugen…«

»Ja, so etwas ähnliches habe ich mir schon gedacht«, entgegnet der Pfarrer nachdenklich und trinkt hastig die Tasse leer. »Ich bedanke mich, Gerda! Der Kaffee war ausgezeichnet.«

»Möchten Sie noch eine Tasse Kaffee haben?«

»Nein, danke. Ich muss los. Heute Abend habe ich noch einen wichtigen Termin«, erklärt der Pfarrer, während er sich aufrichtet.

Schweigend verlässt er das Wohnzimmer und geht den Flur entlang zur Haustür.

»Ihre Informationen über die Gertz werden uns bestimmt weiterbringen«, sagt er schließlich.

»Ich hoffe, dass ich viel dazu beigetragen konnte, dass Katrin wieder gesund wird.«

»Seien Sie unbesorgt, Gerda! Katrin wird bald wieder so fröhlich sein wie früher.«

Pfarrer Dietrich macht einen Zwischenstopp bei der Polizei. Einem Polizeibeamten gibt er den Hinweis, es könne sich bei den gestörten Frauen um Töchter reicher Geschäftsmänner handeln. Er berichtet ihm auch von seiner Unterhaltung mit der Nachbarin. Der Polizist versichert ihm, dass sie den Hinweisen nachgehen werden. Um die schwarz-haarige Frau ausfindig zu machen, würden sie, mit Hilfe der Nachbarin, ein Phantombild anfertigen lassen.

Vom Pfarrhaus aus ruft der Pfarrer Dr. Friedrich Kling an, um ihm alles zu erzählen.

»Pfarrer Dietrich, es freut mich, dass Sie so viel herausfinden konnten. Jedoch gibt es sehr schlechte Neuigkeiten: Die erste Frau, die im Wald gefunden wurde, hat letzte Nacht Selbstmord begangen.«

»Was? Wie konnte das passieren?«

»Nun ja… Da sich ihr Zustand in den letzten Tagen besserte, haben wir es zugelassen, dass sie ohne Gurte in einem Gemeinschaftszimmer schläft. Wir wussten leider nicht, dass sie es geschafft hat, eine Plastiktüte in ihr Zimmer zu schmuggeln. Als ihre Zimmerkameradin fest schlief, hat sie sich die Tüte übergestülpt und mit Klebeband festgeschnürt.«

»Das ist ja schrecklich!«, erwidert der Pfarrer entsetzt.

»Kommen Sie doch bitte morgen Früh um neun Uhr in mein Büro. An Katrin Gertz werden wir prüfen, ob die Geschichte, die die Nachbarin erzählt hat, stimmt.«

»Ja, das lässt sich einrichten. Wir sehen uns morgen!«

Katrin Gertz wird vom Pflegepersonal in Dr. Klings Büro geführt. Wieder werden ihre Arme und Beine mit Gurten am Sitz befestigt. Ihr langes, hellbraunes Haar ist fettig und verknotet. An ihren Armen sind Narben früherer Verletzungen zu erkennen. Dem Anschein nach überdecken die neuen Verbände frische

Ritzwunden, die sie sich wohl vor kurzem selbst zugefügt hat. Vom vielen Weinen sind ihre Augen rot und angeschwollen. Ihre Kleidung ist verschwitzt und zerknittert.

Zunächst bleibt die junge Frau vollkommen ruhig auf dem Stuhl sitzen und lässt Dr. Kling das Gespräch einleiten.

»Guten Tag, Frau Gertz. Wie geht es Ihnen heute?«

Als Antwort bekommt er das übliche, löwenähnliche Brüllen zu hören.

»Wir haben festgestellt, dass Ihnen eine Betrügerin etwas Schlimmes eingeredet hat. Es heißt, Ihre Mutter soll Menschen getötet haben«, fährt der Psychiater mutig fort.

»Meine Mutter ist eine Dienerin des Teufels«, brüllt Katrin Gertz. »Sie hat den Teufel heraufbeschworen, als ich noch ein Baby war. Als vierjähriges Mädchen habe ich ihn gesehen. Er rannte direkt auf mich zu und hat…hat mich angegriffen.« Mit verängstigten, weit geöffneten Augen hält Katrin inne und zittert. »Als sich der Teufel auf mich stürzte, wurde mir plötzlich schwarz vor Augen. Seitdem hat er mich besessen. Oft habe ich auch meiner Mutter zugeschaut, wie sie Leichen in der Badewanne zerstückelte.« Katrin hält wieder inne und schnappt nach Luft. »Dann… hat sie sie im Garten vergraben«, schluchzt sie und fängt an zu weinen.

Nachdenklich mustern Dr. Friedrich Kling und der Pfarrer diese erbärmliche junge Frau. Der Psychiater fährt mit dem Gespräch fort.

»Frau Gertz, kommen Ihnen diese Erinnerungen vielleicht eher wie Träume vor?«

»Ja, wie ein Alptraum!«, weint die junge Frau.

»Diese Erinnerungen kommen Ihnen vielleicht verschwommen vor, weil sie höchst wahrscheinlich nichts anderes sind, als ein Hirngespinst. Im Garten

Ihrer Eltern befinden sich keine vergrabenen Leichenteile.«

»Das ist nicht möglich! Das…das kann einfach nicht sein!«, stammelt Katrin.

»Sie werden nicht vom Teufel besessen, Frau Gertz!«

»Das kann ich bezeugen«, stimmt Pfarrer Dietrich zu. »Denn dafür weisen Sie keinerlei Symptome auf. Wie jeder andere, verfügen Sie über einen freien Willen. Und mit dem können Sie Ihrem schlimmen Zustand ein Ende bereiten. Wissen Sie, die Bekannte Ihres Vaters hat Ihnen diese schrecklichen Dinge bloß eingeredet und Ihre Vorstellungskraft hat diese Geschichten im Gehirn verwirklicht. Die Realität sieht aber anders aus. Die Wahrheit können Sie mit Ihrem Herzen erkennen, sobald Sie Ihren Kopf von diesen üblen Gedanken befreit haben. Und es sind noch nicht einmal Ihre eigenen Gedanken. Es sind die ihrer Bekannten.«

Zum ersten Mal hört Katrin Gertz aufmerksam zu. Restliche Tränen kullern ihr bleiches Gesicht herunter. Was der Pfarrer sagt, scheint ihr plausibel zu sein.

»Meinen Sie etwa María García Martínez?«

»Wenn die Bekannte Ihres Vaters, die mit den schwarzen Haaren, so heißt…«

Katrin nickt schüchtern mit dem Kopf.

»Ja, sie ist Spanierin. Hin und wieder kommt sie nach Deutschland, um mir zu helfen. Sie hat mir von den Gräueltaten meiner Mutter erzählt. Da ich manchmal Streit mit meiner Mutter hatte, glaubte ich der Frau.«

»Woher wollte die Spanierin von diesen Taten wissen?«, fragt Dr. Kling.

»Sie behauptete sie könne Hellsehen.«

»Und Sie glaubten das einfach?«, erwidert der Psychiater ungläubig.

»Sie versicherte uns, sie würde armen, misshandelten Kindern helfen. Das Geld, das sie für Ihre Hilfeleistungen bekäme, würde direkt an diese Kinder gehen. Sie dürfe das Geld noch nicht mal anfassen, hat sie gesagt. Und weil ein Teil von mir meiner Mutter diese schlimmen Taten zugemutet hat, glaubte ich alles.«

»Fanden Rituale zur Geisteraustreibung statt?«, will der Pfarrer wissen.

»Ja.«

»Ein Teil von Ihnen hat also Ihrer Mutter die Morde zugetraut, sagten Sie. Was sagt denn der andere Teil in Ihnen?«, erkundigt sich Dr. Kling.

»Der andere Teil in mir vermisst sie sehr und sieht sie als eine liebevolle und gütige Mutter.« Katrin weint wieder. »Zum Schluss habe ich gemerkt, was Maria vorhatte. Als sie sich mit meinem Vater um Geld stritt, war mir klar, worum es ihr ging. Dem Anschein nach, war die Zahlung keine Spende für Kinder, sondern sie wollte alles für sich selbst. Ich bin sicher, sie merkte, dass ich sie durchschaut hatte, denn als mein Vater kurz geschäftlich unterwegs war, hat sie mich richtig fertig gemacht. Sie hat mich beschimpft, geschlagen und terrorisiert. Mein Vater kam daraufhin wieder nach Hause. Doch es war zu spät. Ich hatte schon einen Nervenzusammenbruch und schrie diese Frau an. Sie lästerte dann mit meinem Vater über mich. Sie sagte, ich sei ebenso wahnsinnig und vom Bösen besessen wie meine Mutter, und sei dazu noch zu faul zum Arbeiten. Dort konnte ich es einfach nicht mehr aushalten. Ohne nachzudenken, rannte ich aus dem Haus. Ich wusste nicht wohin ich ging. Innerlich war ich so verletzt und verwirrt, dass ich schließlich nur noch in der Gegend herumirrte. Als es dunkel wurde, ergriff mich die Panik. Ich wusste nicht mal mehr wer ich bin, noch was ich tat.«

Weinend und mit flehendem Blick, schaut Katrin ihre Gesprächspartner an.

»Jetzt ist alles wieder gut, Frau Gertz!«, besänftigt sie Dr. Kling. »Sie sind weder wahnsinnig, noch vom Bösen besessen. Außerdem bezweifle ich, dass Sie zu faul zum Arbeiten sind. Wie Sie selbst schon sagten, war diese Frau nur hinter dem Geld ihres Vaters her. Den hinterlistigen Plänen, standen Sie wohl im Weg. Deswegen musste Maria García Martínez Sie vor Ihrem Vater unglaubwürdig erscheinen lassen. Es wäre besser, wenn Sie alles, was diese Frau jemals gesagt hat, als eine unverschämte Lüge betrachten. Lenken Sie Ihre Aufmerksamkeit lieber auf die schönen Dinge im Leben. Ihre Mutter befindet sich übrigens auch in dieser Psychiatrie. Wir vermuten, dass ihr etwas Ähnliches widerfahren sein muss. Wenn sie sich durch die Therapie erholt, können Sie wieder mit ihr in Kontakt treten. Denn solange Ihr Vater Sie verleugnet, können Sie wenigstens mit der Unterstützung Ihrer Mutter und anderen Familienangehörigen rechnen.«

Weinend nickt Katrin Gertz.

»Gut, ich finde wir sollten dieses Gespräch für heute beenden, damit Sie sich erholen können«, sagt der Psychiater anschließend.

»Da ist noch etwas, was mich bedrückt!« fügt Katrin zaghaft hinzu.

»Und das wäre?«, fragt Dr. Kling überrascht.

»Maria García Martínez wird weiterhin Menschen betrügen können. In Spanien arbeitet sie mit der Polizei und einigen Richtern zusammen. Auch diese Leute scheint sie derart manipuliert zu haben, dass sie ihr glauben. Niemand kann diese Frau daran hindern weiterzumachen.«

Entsetzt schauen Kr. Kling und Pfarrer Dietrich die hilflose Frau an.

»Wir werden es sehen«, beruhigt sie der Pfarrer. »Selbst wenn rechtliche Wege erfolglos sein sollten, können wir zumindest andere Menschen vor solchen Betrügern warnen. Unrecht lässt sich ohnehin nicht mit Gewalt bekämpfen. Solange diese Spanierin betrügt, wird sie niemals Glück empfinden können. Ich denke, diese Strafe ist für einen Menschen hart genug.«

Traurig senkt Katrin ihren Blick. Hoffnungslosigkeit breitet sich in ihrem Gesicht aus. Das Pflegepersonal betritt den Raum, löst die Gurte und führt die junge Frau hinaus. Für eine Weile sitzen Pfarrer Dietrich und Dr. Kling stumm und regungslos an ihren Plätzen. Das Gespräch hat sie ziemlich mitgenommen.

Das mysteriöse Unbekannte

Bäume drehen sich im Kreis? Kann denn so etwas möglich sein? Nathalie schließt ihre Augen für wenige Sekunden und öffnet sie gleich wieder. Dennoch kreisen die Bäume immer noch im Uhrzeigersinn um sie herum. Das geschieht ihr wieder recht! Da geht sie schon so selten mit ihrem Freund Bernhard im Wald spazieren und dann bekommt sie scheinbar noch einen Schwindelanfall. Doch seltsamerweise ist ihr überhaupt nicht schwindelig und gesundheitlich hat sie sich nie besser gefühlt. Nathalie bleibt stehen, hält sich den Kopf und schließt die Augen. Als Bernhard fragt, ob alles in Ordnung sei, öffnet sie sie wieder und schaut sich um. Auf einmal scheint alles wieder normal zu sein. Alle Bäume stehen wie angewurzelt am Waldboden, nur Äste und Blätter werden vom Wind durch die Luft gerüttelt. Als sie nichts Ungewöhnliches bemerkt, meint sie Kreislaufstörungen zu haben und möchte prompt nach Hause.

»Ringel, Ringel, Reihe, wir sind der Kinder dreie, wir sitzen unterm Hollerbuch und machen alle husch, husch, husch.«
Sieben Mädchen, in weißen Kleidern, tanzen barfuß und Hand in Hand im Kreis. Ihre Haare sind mit Blumenkränzen beschmückt und ihr Gesang hallt durch den Wald. Plötzlich bewegen sich auch die Bäume im Kreis, um die Mädchen herum. Schon bald scheint sich der gesamte Wald im Uhrzeigerzinn zu drehen.
»Ringel, Ringel, Reihe, wir sind der Kinder dreie…«, schallt es immer lauter.

Schweißgebadet wacht Nathalie auf. Erst nach einigen Minuten fällt ihr auf, dass sie aufrecht in ihrem Bett sitzt und nach Luft schnappt. Ihr Herz rast, als sei sie kilometerweit gerannt. Hellwach und außer Atem schaltet sie die Nachttischlampe ein. Als sie auf den Wecker sieht, bemerkt sie, dass es erst vier Uhr morgens ist. Genervt legt sie sich wieder hin und schließt die Augen. Die Bilder, mit den im Kreis tanzenden Mädchen, gehen ihr noch durch den Kopf.

Am nächsten Tag ist Nathalie relativ müde und unausgeglichen. Als Journalistin schreibt sie Artikel über Ufo Begegnungen, obwohl sie weder an Ufos, noch an Außerirdische glaubt. Das kommt daher, dass der Chefredakteur viele außergewöhnliche Artikel von seinen Mitarbeitern präsentiert bekommen möchte. Er ist nämlich der Meinung, exzentrische und skandalöse Geschichten seien bei vielen Lesern populär. Nathalie ist es mittlerweile leid über Skandale zu schreiben und spezialisiert sich deshalb auf Geschichten über Außerirdische.

Diesen Vormittag trifft sie sich mit einer Frau, die angeblich Ufos gesichtet haben will. Die hagere Augenzeugin erläutert aufgeregt, wie sie in der vorherigen Nacht zwei runde, seltsame Flugobjekte sah. Die Mitte der Ufos soll absolut dunkel gewesen sein. Am Rand befanden sich wohl scheinwerferartige Lichter, die einen hellen Ring bildeten und sich langsam im Uhrzeigersinn drehten. Nathalie nimmt die Aussage der nervösen Frau auf Band auf und notiert die wichtigsten Details in ein kleines Notizbuch. Im Büro versucht sie aus diesen wirren Informationen eine aufregende Story zu schreiben. Als sie gerade überlegt, wie sie die Geschichte noch interessanter gestalten könnte, klingelt ihr Telefon. Ihr wird mitgeteilt, dass es noch einen weiteren Augenzeugen gibt. Schleunigst notiert Nathalie seine Adresse und fährt bei ihm vorbei. Ein pummeliger Mann, mit lichtem Haar, berichtet eifrig von zwei Flugobjekten, die bei Anbruch der Dunkelheit ziemlich tief geflogen sein sollen. Am Rande der Ufos waren angeblich runde Lichter zu erkennen, die sich im Uhrzeigersinn drehten. Nathalie ist der Meinung, dass beide Augenzeugen wohl dasselbe Flugobjekt gesehen haben und fasst beide Aussagen in einem Artikel zusammen. Mit großer Sicherheit wird es die Leser interessieren, dass in derselben Nacht dieselben Ufos von zwei verschiedenen Menschen aus unterschiedlichen Gegenden gesichtet wurden.

Da Nathalie und Bernhard demnächst in eine gemeinsame Wohnung ziehen wollen, gehen sie am Abend auf Wohnungsbesichtigung (jedoch ohne Erfolg). Nach dem Abendessen, schläft Nathalie vor dem Fernseher ein.

»Ringel, Ringel, Reihe, wir sind der Kinder dreie, wir sitzen unterm Hollerbuch und machen alle husch, husch, husch«, schallt das Lied der sieben im Kreis tanzenden Mädchen. Alle Bäume kreisen im Uhrzeigersinn. Alles dreht sich schneller und schneller…

Nathalie wacht schlagartig auf. Benommen schaut sie sich um und bemerkt, dass der Fernseher noch läuft. Als sie einen Blick auf die Wanduhr wirft, stellt sie mit Erstaunen fest, dass sie wieder punkt vier Uhr morgens aufgewacht ist.

Am nächsten Arbeitstag interviewt Nathalie mehrere Menschen, die dieses seltsame Flugobjekt gesehen haben wollen. Wieder wird ihr von Ufos mit scheinwerferartigen, kreisenden Lichtern berichtet. Gewissenhaft schreibt sie ihren Artikel. Da dieses Mal von elf Augenzeugenberichten die Rede ist, landet Nathalies Story auf der Titelseite. ,*Steht eine Alien Invasion bevor?*', heißt es in der Überschrift, die viele interessierte Leser anlockt. Gierig versuchen sämtliche Leute eine Ausgabe dieser Zeitung zu ergattern. Aufgrund der enormen Nachfrage, mussten am selben Tag sogar noch weitere Exemplare gedruckt werden, was äußerst ungewöhnlich ist. Die extrem hohe Auflage übertraf die optimistischen Erwartungen des Chefredakteurs bei weitem.

Bis auf einige Schlägereien (um eine Ausgabe der Zeitung) und bis auf die steigende Angst vor einer Invasion, verläuft der nächste Tag ziemlich ereignislos. Weil Nathalies Telefon einfach nicht klingeln will, macht sie sich selbst auf die Suche nach einer neuen Story. In der Stadt beobachtet sie, wie Männer und Frauen, unterschiedlichen Alters, aus Furcht den Himmel anstarren und somit kontinuierlich Ausschau nach eigenartigen Flugobjekten halten. Nathalie kommt die Idee, einen Artikel über die Massenhysterie zu schreiben. Doch vorher möchte sie sicherstellen, dass ihr keine interessantere Geschichte entgeht. Ohne triftigen Grund fährt sie zum Wald und stellt ihr Auto an einem Parkplatz ab. Unbewusst scheint sie herausfinden zu wollen, was die Träume mit den kreisenden Bäumen auf sich haben. Mit forschendem Blick und gespitzten Ohren geht sie nun einen Wanderweg entlang. Durch ihre extreme Wachsamkeit, nimmt sie die Natur deutlicher wahr als zuvor. Sie lauscht dem Zwitschern der Vögel und hört, wie Regentropfen allmählich anfangen auf Blätter und Waldboden zu prasseln. Der Regen ist nicht stark; einen Schirm benötigt sie deshalb nicht. Sie beobachtet, wie Äste dem Wind nachgeben und fragt sich, wie die Pflanzen wohl heißen mögen, die größtenteils den Boden bedecken. Ihr wird bewusst, dass sie die Natur nie richtig wahrgenommen hat. Wie ein kleines Kind, das die Welt erstmals entdeckt, staunt sie über alles, was sie sieht und fühlt. Mit ihren Füßen ertastet sie hohle Stellen unter dem Wanderpfad. Am Waldboden sind sogar hin und wieder Baumwurzeln sichtbar. Einigen Bäumen scheint ein schwerer Sturm zu schaffen gemacht zu haben, da sie in eine bestimmte Richtung neigen. Abgeholzte Baumstämme liegen übereinander gestapelt am Wegrand und ein fleißiges Eichhörnchen klettert geschwind auf einen

Baum. Ein schmaler, lebhafter Bach verläuft durch den Wald. Nathalie staunt über die Schönheit des glänzenden, strömenden Wassers und lauscht den beruhigenden, plätschernden Tönen. Mittlerweile hat der Regen nachgelassen und die Sonne strahlt wieder zwischen den Bäumen hindurch. Urplötzlich hört sie ein allzu bekanntes Lied, dass sie vor Schreck erstarren lässt.

»Ringel, Ringel, Reihe, wir sind der Kinder dreie, wir sitzen unterm Hollerbuch und machen alle husch, husch, husch.«

Singende Mädchenstimmen hallen durch den Wald. Alle Bäume beginnen sich um Nathalie zu drehen. Ihr wird schwindelig, bevor es ihr schließlich schwarz vor Augen wird und sie mit einem dumpfen Schlag auf den weichen Waldboden fällt.

Als Nathalie wieder zu sich kommt, sticht ihr ein äußerst helles Licht in die Augen. Mit großer Verwunderung schaut sie sich um. Die Umgebung ähnelt einer wunderschönen Tropfsteinhöhle, denn wo sie auch hinblickt, sieht sie Kristalle funkeln. In großer Verwirrung fragt sie sich, wo sie sei und wie sie wohl hierher gekommen ist. Obwohl sie besorgt ist, bewundert sie die bläulich, violett und weiß schimmernden Tropfsteine, von denen sie umgeben ist. Selbst der Boden besteht aus leuchtenden, diamantenartigen Kristallen. Langsam richtet sich Nathalie auf und läuft durch den riesigen, gewölbten Raum. Es ist sehr still. Nur ihre leichten Schritte auf dem rauen, glänzenden Boden sind zu hören. An ihrer rechten Gesichtshälfte verspürt sie einen Luftzug. Sie will der Luftquelle auf den Grund gehen, um einen Ausgang zu finden. Mit ihren Handflächen ertastet sie die kristallene Wand und dennoch findet sie nicht die winzigste Öffnung, aus der Luft strömt. Trotz dieser Enttäuschung, schlendert sie voller Bewunderung durch den riesigen, glitzernden Hohlraum. Nach einer Weile setzt sie sich auf den funkelnden Boden. Obwohl ihr zum Weinen zumute sein sollte, empfindet sie pure Freude. Ein Gefühl sagt ihr, dass sie sehr bald einen Weg aus der Höhle finden wird. Geduldig und voller Zuversicht beobachtet sie das Schimmern der Lichter. Sie verfällt in einen Trancezustand und scheint daraufhin wieder ohnmächtig zu werden. Oder ist sie bloß eingeschlafen?

Nathalie hört eine liebliche, singende Stimme und öffnet neugierig ihre Augen. Ein scheinbar unendlicher Raum umgibt sie. Dieser ist dunkler als der vorherige. Dennoch hellt ein grelles, bläuliches Licht die Umgebung auf. Nathalie steht auf und geht auf die eigenartige Lichtquelle zu, während der schwingende, zierliche Gesang weiterhin durch die Luft schwebt. Hohe, beflügelnde Töne fließen Schritt für Schritt in tiefere über, bis die hohen Klänge aufs neue erklingen. Verzaubert durch das Lied, scheint Nathalie, zusammen mit der Melodie, der Helligkeit entgegen zu schweben. Ihr wird bewusst, dass der Gesang sie leitet. Je näher sie dem Licht kommt, desto heller und weißer strahlt es. Schließlich wird sie davon so stark geblendet, dass sie nichts mehr sehen kann. Ihr wird schwarz vor Augen und die liebliche Stimme verstummt.

Nathalie verspürt Wärme in ihrem Körper. Erneut öffnet sie die Augen und schaut sich um. Sie befindet sich in einem äußerst hellen, weißen und unendlichen Raum. Nathalie hat keine Ahnung, was vor sich geht. Warum wacht sie andauernd an seltsamen Orten auf? Trotz allen Unsicherheiten, hat sie sich noch nie so sicher und behütet gefühlt, wie in diesem Augenblick. Sie empfindet pure Glückseligkeit. Obwohl sie niemanden sehen kann, kommt es ihr vor, als sei eine besondere Kraft gegenwärtig. Der Raum wird heller und heller, bevor sie schließlich nicht mehr sehen kann.

Nathalie hört den fröhlichen Gesang einer Nachtigall und das leichte Plätschern eines Baches. Vorsichtig öffnet sie die Augen und sieht wie sich Äste über ihr im Wind bewegen. Als ihr klar wird, dass sie mitten auf dem weichen Waldboden liegt, steht sie ruckartig auf und klopft sich die Erde von der Kleidung.

»Ringel, Ringel, Reihe, wir sind der Kinder dreie, wir sitzen unterm Hollerbuch und machen alle husch, husch, husch.«

Zu Nathalies Entsetzen, schallt dieses Lied erneut durch den Wald. Zögernd geht sie den Mädchenstimmen entgegen. Die Klänge werden immer lauter, bis Nathalie sie sogar als Schwingungen in ihrem Körper wahrnimmt. Sie läuft bis zu einer Stelle, an der sie eine starke Präsenz wahrnimmt und schaut sich um. Niemand ist zu sehen. Dennoch ist Nathalie überzeugt davon, dass sich die seltsamen Mädchen genau an diesem Platz befinden. Schlagartig tritt eine beängstigende Ruhe ein. Bäume und Blätter erstarren, als würde die Zeit stillstehen. Kein Vogel zwitschert und selbst das Plätschern des Baches ist unhörbar. Nathalie bekommt es mit der Angst zu tun, denn sie begreift nicht, was in diesem Wald geschieht. Plötzlich hört sie ein lautes Dröhnen. Die tiefen, unheimlichen Töne gehen ihr durch Mark und Bein. Der Lärm wird so laut, dass ihr Trommelfell zu platzen droht und sie sich zum Schutz die Ohren zuhalten muss. Verwirrt blickt sie nach oben: Direkt über ihr schwebt ein seltsames Flugobjekt. Die Mitte dieses Objektes ist schwarz und am Rande befinden sich zahlreiche scheinwerferartige Lichter, die sich langsam im Uhrzeigersinn drehen. Das Dröhnen wird immer lauter und die Scheinwerfer erstrahlen zu einem einzigen grellen Licht. Die junge Frau wird ohnmächtig.

Nathalie bemerkt ein Kitzeln an ihrem Ellenbogen und schlägt blitzschnell ihre Augen auf. Neben ihrem rechten Arm sitzt ein Eichhörnchen, das sie fürsorglich anschaut. Für einige (unendliche scheinende) Minuten sehen sich Nathalie und das Eichhörnchen tief in die Augen. Keiner von beiden bewegt sich. Schließlich gibt das kleine Tierchen lustige Laute von sich und rennt auf den nächst besten Baum. Nathalie schaut ihm verwundert hinterher. Da es im Wald es schon relativ dunkel ist, macht sie sich hastig auf den Heimweg.

Fassungslos sitzt Nathalie zuhause vor ihrem Laptop und versucht einen Zeitungsartikel zu schreiben. Dies fällt ihr äußerst schwer, da sie keine Ahnung hat, was im Wald wirklich passiert ist. Gibt es denn tatsächlich Außerirdische? Mehrere Stunden vergehen und sie hat immer noch nichts auf die blanke Seite gebracht. Schließlich tippt sie eine ziemlich absurde Überschrift: *,Löst eine unbekannte Präsenz einen Bewusstseinswandel aus?'*

Die Reise in eine andere Welt

Die Nacht ist neblig und verregnet, bevor sich allmählich der Morgen im Osten ankündigt. Zu allem Überdruss ist die Luft feucht und schwer. Wie jeden Morgen steht Karl, ein fleißiger Fischer, sehr früh auf und fährt mit seinem Kutter auf das Meer hinaus. Er lässt sich immer aufs neue von seinem Instinkt an eine andere Stelle leiten. Sobald er fischreiches Gewässer wittert, hält er den Kutter an und wirft Anker und Schleppnetz ins Meer. Seine Methode, Fische zu fangen, mag zwar verrückt erscheinen, doch bisher hat er immer großen Erfolg damit gehabt. Obwohl er an manchen Tagen mehr fängt als an anderen, fährt er immer wieder zufrieden zum Hafen zurück. Heute hat er das Gefühl, besonders viele Fische zu fangen.

Einige Stunden sitzt er nun geduldig auf seinem Kutter und wartet, bis er schließlich den Impuls verspürt, das Netz wieder auf das Schiff zu ziehen. Und tatsächlich hat er dieses Mal besonders viele Fische gefangen. Zufrieden holt er sie aus dem Schleppnetz und verstaut sie im isolierten Fischraum seines Kutters. Gerade, als er zum Hafen zurückfahren will, bemerkt er ein Segelboot, das direkt auf seinen Kutter zutreibt. Karl kann keine Menschenseele darauf erkennen. Da sich der Besitzer offenbar in der Kajüte befindet, ruft er diesem mit voller Kraft zu.

»Hallo! Ist dort jemand auf der Jacht?«

Es kommt keine Antwort. Das kleine Boot prallt gegen Karls Kutter und kommt somit zum Halten. Nochmals fragt der Fischer lauthals, ob sich jemand auf dem Segelboot befände. Als er wieder keine Reaktion bekommt, holt Karl ein Seil und befestigt beide Boote aneinander. Besorgt steigt er auf die kleine Jacht und schaut sich um. Die Kajüte sieht überaus gepflegt und ordentlich aus. Dort findet er ein schmales, bezogenes Bett, einen kleinen Esstisch mit Bänken und eine winzige Kombüse vor. Immer noch auf der Suche nach dem Besitzer, schaut der Fischer in dem kleinen Toilettenraum nach. Auch die Toilette ist sauber und gepflegt. Doch seltsamerweise ist das Segelboot vollkommen verlassen. Karl vermutet, die Jacht könnte sich durch einen Sturm vom Hafen losgerissen haben und sei über Nacht aufs Meer getrieben. Eigenartig ist jedoch, dass es in letzter Zeit keinen überaus heftigen Wind gab. Karl steigt wieder auf seinen Kutter und möchte die Jacht mit zum Hafen nehmen. Um sie nicht zu beschädigen, fährt er äußerst vorsichtig. Mit Hilfe des Seils treibt sie gelassen hinterher.

Am Hafen erklärt Karl der Küstenwache, er habe das Boot verlassen auf dem Meer treiben sehen. Als ihn die Polizisten ungläubig ansehen, teilt er ihnen die Koordinaten der Fundstelle mit und bittet sie höflich darum, den Besitzer ausfindig zu machen. Nach der Übergabe, fährt er seinen Kutter zum Kai und bereitet den Güterumschlag vor.

Sehr früh am Morgen, als es noch dunkel ist, fährt Karl wieder mit seinem Kutter an eine instinktiv gewählte Stelle. Auch dieses Mal ist es sehr nebelig. Der Fischer muss extrem wachsam sein, denn er hat Schwierigkeiten in die Ferne zu sehen. Schließlich hält er den Kutter an, wirft das Schleppnetz ins dunkle, unruhige Meer und wartet geduldig. In aller Ruhe beobachtet er, wie der dunkle Himmel allmählich heller wird. Zu seiner Enttäuschung bleibt der Nebel jedoch unverändert. Hungrige Möwen kreisen über ihn hinweg und suchen nach Fischresten vom Beifang des Kutters. Nach einiger Zeit zieht Karl das Schleppnetz wieder hinauf. Über die Quantität der gefangenen Fische ist er äußerst erfreut. Wie üblich landen fast alle Fische in dem Laderaum. Einen kleinen Teil des Fangs wirft er den friedlichen Möwen zu. Diese stopfen die ergatterten Fische hastig in sich hinein. Kaum hat die letzte

Möwe den letzten Fisch verschlungen, erspäht Karl durch den verschleiernden Nebel die Segel eines Bootes. Er traut seinen Augen nicht. Dieselbe Jacht hat er einen Tag zuvor der Küstenwache übergeben. Erneut fragt er nach, ob sich jemand auf dem Segelboot befände und wieder antwortet niemand. Wie am vorherigen Tag, bindet er die kleine Jacht an seinem Kutter fest und steigt hinüber. An Deck und in der Kajüte ist immer noch alles ordentlich und sauber und dennoch ist es darin einsam und verlassen. Nachdenklich klettert Karl auf seinen Kutter zurück. Er befürchtet des Diebstahls verdächtigt zu werden, wenn er wieder mit der Jacht am Hafen erscheint. Bevorzugter Weise lässt er sie dieses Mal auf dem Meer treiben und will den Besitzer an Land ausfindig machen. Deshalb bindet Karl sie schließlich los und tritt seinen Rückweg zum Hafen an. Nach kurzer Zeit bemerkt er, dass ihm das kleine, verlassene Segelboot merkwürdigerweise folgt. Er überlegt, wie er es zum Halten bringen könnte. Weil ihm nichts Besseres einfällt, hält er seinen Kutter an. Kurz darauf hört er einen dumpfen Schlag und sieht, dass das kleine Boot gegen seinen Kutter gestoßen ist. Mehrmals schupst er die lästige Jacht von sich fort, doch sie kommt immer wieder zurück. Verzweifelt startet Karl wieder den Motor und fährt weiter. Lange Zeit treibt das mysteriöse Segelboot hinter ihm her. Als der Hafen in Sichtweite ist, bemerkt Karl, dass es nicht mehr hinter ihm segelt. Es scheint spurlos verschwunden zu sein.

Nachdem er seine Fische in der Fischhalle abgeliefert hat, geht er zur Küstenwache. Wissbegierig fragt er die Polizisten, ob sie den Besitzer der Jacht ausfindig machen konnten. Diese antworten ihm, sie sei gestern Nachmittag ohnehin verschwunden. Da das Boot weder einen Namen, noch sonstige Registrierungsmerkmale aufwies, war es ihnen unmöglich den Besitzer in Erfahrung zu bringen. Schließlich wird auch keine Jacht vermisst. Nachdenklich geht Karl zu seinem Kutter zurück und bereitet alles für den nächsten Tag vor.

Am nächsten Morgen ist es sehr kalt. Der Himmel ist so klar, dass Karl unzählige Sterne funkeln sehen kann. Nach seiner Methode, fährt er wieder an eine besondere Stelle des Meers, um dann das Schleppnetz in das kalte, dunkele Wasser hinab zu lassen. Während er wartet, bewundert er den mit Sternen beschmückten Himmel. Es scheint ihm, als sehe er heute mehr Sterne als üblich. Langsam wird es heller und aus einer dunkelblauen Atmosphäre, entwickelt sich allmählich ein helleres Blau, verziert mit violetten und orangefarbigen Tönen. Nach einem wunderschönen Farbwechsel, strahlt die Sonne mit all ihrer Kraft an einem hellblauen, wolkenlosen Himmel.

Als Karl seine Netze wieder auf den Kutter zieht, packt ihn das bloße Entsetzen: Das Netz ist vollkommen leer. Im Verlauf seines dreißig-jährigen Fischer-Daseins, ist dies das erste Mal, dass er keinen einzigen Fisch gefangen hat. An sehr schlechten Tagen fing er wenigstens neun oder elf Fische.

Schockiert und fassungslos sinkt er auf die Ladeluke und blickt traurig auf das ruhige Meer. Wie aus dem Nichts erscheint plötzlich wieder die eigenartige Jacht. Karl reibt seine Augen, um klarer sehen zu können. Und tatsächlich treibt sie direkt auf ihn zu, bis sie aufs neue gegen seinen Kutter prallt. Widerwillig und dennoch neugierig bindet Karl sie fest und steigt hinüber. Danach löst er das Seil und will sehen, wohin sie ihn führt. Er wird das Gefühl einfach nicht los, dass ihm dieses Boot etwas mitteilen will. Und da er heute keinen einzigen Fisch gefangen hat, verspürt er ohnehin keinen Zeitdruck zum Hafen zurückzukehren. Er beobachtet, wie er langsam von seinem Kutter wegtreibt. Für einen Moment hat er sogar Angst, sein geliebtes Schiff nie mehr wieder zu sehen. Doch eine innere Stimme sagt ihm, er würde zurückkehren.

Schließlich lässt sich Karl voller Mut und Zuversicht auf dieses Abenteuer ein.

Nach einigen Minuten verschwindet sein Kutter plötzlich aus der Sicht, als sei dieser vom Meer verschlungen worden. Doch das ist noch lange nicht alles, denn die gesamte Umgebung hat sich verändert: Der Himmel strahlt nicht mehr im gewöhnlichen Hellblau, sondern schimmert in einem transparenten, unbeschreiblichen Blau. Die Sonne gleicht nun einer goldenen Kugel. Die Lichtstrahlen, die sie aussendet, glitzern wie Goldstaub in der reinen, klaren Luft. Der warme Wind riecht salzig, frisch und gleichsam blumig. Die Atmosphäre erscheint wie die eines anderen Planeten. Karl schaut über die Reling, um einen Blick in das tiefe Meer zu werfen. Das Wasser schimmert in einem transparenten, dunklen Blau. Fische in allen Farben und bunte, leuchtende Korallen sind in vielen Metern Tiefe vom Boot aus zu erkennen. Der Anblick ist unbeschreiblich schön. Karl fehlen die Worte, um dieses derartige Farbspiel zu beschreiben. Eine enorme Leichtigkeit überkommt ihn, denn der erdrückende Ballast alter Sorgen scheint verflogen zu sein.

In der Ferne erblickt Karl eine Insel, auf die das mysteriöse Segelboot nun in guter Geschwindigkeit zutreibt. Aus dem Zentrum dieses Landfetzens ragt ein sehr helles Licht, das direkt in den Himmel strahlt. Mal leuchtet es in Regenbogenfarben, mal in einem glänzenden Silber oder Gold und manchmal in einer Mischung aus Hellblau und sehr hellem Gelb. Noch nie hat Karl einen so wunderbaren Farbwechsel gesehen. Niemand würde ihm glauben, würde er all dies jemandem erzählen. Nun ist die Jacht der Insel so nahe, dass Karl die einzelnen Pflanzen deutlich erkennen kann. Im Vergleich zu normalen Palmen, scheinen diese lebhafter zu sein, denn es sieht aus, als würden sie ihm mit ihren enormen fiederartigen Blättern zuwinken. Der

Strand glitzert mit goldenen Sandkörnern. Zwischen den lebhaften Palmen und Büschen schimmern bunte Strahlen der enormen Lichtquelle hindurch.

Als das kleine Segelboot am Strand auf Grund läuft, steigt er – überwältigt von Abenteuerlust – ab. Freudig und gleichermaßen neugierig versucht er zwischen den Palmen den Ursprung des Lichtes zu erspähen. Doch bevor er zum Kern der Insel vordringt, setzt er sich auf den glänzenden Sand und bewundert, wie das transparente Wasser unter den goldenen Sonnenstrahlen glitzert. Leuchtende Wellen branden am funkelnden Strand und hinterlassen nasse Spuren. Der Himmel strahlt in einem einzigartigen Blau, verziert mit leichten silberfarbigen Wolken. Hier könnte er eine Ewigkeit verweilen, wobei er dem wohltuenden Anblick niemals überdrüssig werden würde.

Doch nach einigen Minuten will er nun der eigenartigen Lichtquelle auf den Grund zu gehen. Langsam geht er an den Palmen vorbei, die froh darüber zu sein scheinen, ihn als Besucher zu haben. Grashalme und Büsche beugen sich ihm zu, um ihn berühren zu können. Unerwartet wird die Stille durch einen leichten, herrlichen Gesang gebrochen. Über seinem Kopf bemerkt er den Flügelschlag eines Vogels. Als er nach oben blickt, sieht er die wohl schönsten Singvögel, die Gott jemals schuf. Mit einer schimmernden Federpracht in Silber und Gold schweben sie majestätisch über ihn hinweg. Das Zwitschern dieser Vögel scheint dem lieblichen Gesang eines Engels zu gleichen. Als er zum Inneren der Insel fortschreitet, wird das Lichtspiel, das zwischen den exotischen Pflanzen hindurchschimmert, immer intensiver. Schließlich gelangt er an eine große, grasbedeckte Lichtung. In dessen Mitte befindet sich eine riesige, goldene Schale, aus welcher ein einzigartiger, farbenfroher Strahl bis in den Himmel herausragt. Karl verspürt den Impuls, sich dieser Schale zu nähern und hineinzuschauen. Das überdimensionale Gefäß reicht ihm bis zur Brust. Er hält sich am Rand fest und beugt seinen Kopf über die hinausstrahlende Helligkeit. Nun sieht er etwas Unbeschreibliches: Das gewaltige, spielerische Licht erstreckt sich in eine unendliche Tiefe. Es scheint ihn mitreißen zu wollen und ehe er sich versieht, wird er kopfüber in die Schale gezogen. Zwischen den hellen Farben schwebt er nun in die Tiefe und in Form von Bildern sieht er diverse Orte und Menschen unterschiedlicher Kulturen. Mit allem, was ihm vor Augen erscheint, fühlt sich Karl stark verbunden. Er sieht Bilder aus der Vergangenheit: Aus der Steinzeit, dem Römischen Zeitalter, aus dem Mittelalter und dem 20. Jahrhundert. Er beobachtet, wie sich die Ägypter, während der Blüte ihres Reiches, an ihrem Wohlstand erfreuen. Selbst bei der Kreuzigung Jesu wird er Augenzeuge. Schließlich erscheinen ihm Bilder von Ereignissen, die er nie zuvor gesehen hat und die vermutlich in der Zukunft eintreten werden. Ein äußerst brutaler Krieg, mit hoch entwickelten Waffen, fordert viele Opfer. Viele Verwundete strecken Karl ihre Hände entgegen und flehen um Hilfe. Gleich darauf sieht er viele freundliche und strahlende Gesichter. Menschen, die aus tiefsten Herzen lachen, umarmen sich und pflegen eine starke, tiefgreifende Verbindung zueinander. Karl sieht Bilder vom Weltall und beobachtet, wie die Erde mit einem anderen, unbekannten Planeten zusammenprallt. Ein übernatürliches Licht leuchtet auf und es wird so hell, dass Karl seine Augen schließen muss. Er spürt, wie der Sog nach unten nachlässt und ihn ein gewaltiger Druck nach oben schleudert. Er öffnet seine Augen und sieht, wie ihn fröhlich lachende Menschen, unterschiedlicher Kulturen, umzingeln. Das Gefühl, er sei ein Teil des großen Ganzen, überwältigt ihn. Es ist, als würde er mit allem verschmelzen und ihn als solches würde es nicht mehr geben. Karl wird aus der Schale geschleudert und schwebt, begleitet von einem farbigen Lichtregen und schimmernden Singvögeln, über die Insel hinweg. Klare Luft weht in sein

Gesicht. Langsam gleitet er hinab und landet sanft auf dem weichen, glitzernden Sandstrand. Einige Minuten bleibt er dort liegen und lässt sich von der Wärme der goldenen Sonne einhüllen. Am liebsten würde er für immer auf dieser Insel bleiben. Doch ein innerer Impuls sagt ihm, es sei Zeit aufzubrechen. Wehmütig blickt er zu den winkenden Palmen und dem Farbspiel des Lichtes zurück und läuft zu der kleinen Jacht, die sich noch immer an derselben Stelle befindet.

Als sich Karl auf dem Boot befindet, wird dieses durch heftige Wellen vom Strand fortgeschwemmt. Sehnsüchtig richtet er seinen Blick auf die wunderbare Insel, bis sie schließlich aus seiner Sicht verschwindet. Traurig betrachtet er nun die bunten Fische und Korallen im transparent schimmernden Wasser. Mit einem Schlag ist das Meer wieder grün und trüb, der Himmel gewöhnlich blau und die Sonne glüht im hellen Gelb. Kleine weiße Wolken ziehen vorüber. Karl wird sich der Tatsache bewusst, dass er wieder in die normale Welt zurückgekehrt ist.

Bald darauf sieht er seinen Fischkutter auf den Wellen schaukeln. Sorgfältig steuert die Jacht direkt darauf zu und prallt sanft dagegen. Karl bindet die Boote aneinander, steigt hinüber und löst daraufhin das Seil. Das mysteriöse Segelboot segelt selbständig in die Ferne und verschwindet. Deprimiert lichtet Karl Anker, schaltet den Schiffsmotor ein und fährt langsam zum Hafen. Voller Hoffnung wünscht er sich, eines Tages wieder auf diese Insel zu gelangen.

Am Hafen angekommen, bereitet Karl seinen Kutter für die nächste Fahrt vor. Seine Trauer ist auf seltsame Weise verschwunden. Das Glattdeck reinigt er daher mit überaus großer Freude. Ein anderer Fischer bemerkt ihn.

»Hey Karl, alter Kumpel! Was ist mit dir los?«

»Wieso? Was soll mit mir los sein?«, fragt Karl erstaunt.

»Du hast dich so sehr verändert!«

»In wie fern?«

»Du siehst irgendwie jünger aus und strahlst geradezu vor purer Lebensfreude!«, erklärt der Kollege.

»Ach ja?«, entgegnet Karl ungläubig.

»Was ist denn da draußen passiert? Hat dich eine Meerjungfrau geküsst?«, stichelt ihn der Fischer.

»Nein«, antwortet Karl. »Gar nichts ist passiert.«

Schweigend geht Karl schließlich nach Hause. Die neugierigen Blicke seiner Kollegen folgen ihm, bis er außer Sichtweite ist.